Paix sur la terre aux dames de bonne volonté

Raymond Lévesque

Paix sur la terre aux dames de bonne volonté

Stanké

Données de catalogage avant publication (Canada)

Lévesque, Raymond, 1928-

    Paix sur la terre aux dames de bonne volonté

    ISBN 2-7604-0571-0

    I. Titre.

PS8523.E864P34 1997   C843'.54   C97-940293-X
PS9523.E864P34 1997
PQ3919.2.L48P34f1997

Couverture: Normand Hudon (illustration)
               Standish Communications (conception graphique)
Infographie: Tecni-Chrome

Les éditions internationales Alain Stanké bénéficient du soutien financier du Conseil des Arts du Canada pour leur programme de publication.

ISBN 2-7604-0571-0

Dépôt légal : Bibliothèque nationale du Québec, 1997

Les éditions internationales Alain Stanké
1212, rue Saint-Mathieu
Montréal (Québec) H3H 2H7
Tél.: (514) 935-7452
Téléc.: (514) 931-1627

IMPRIMÉ AU QUÉBEC (CANADA)

CHAPITRE I

Accotée à son bar, Cafouine écoutait Camille Legault, le pianiste de l'endroit. Quand il n'y avait pas trop de clients, elle aimait bien se laisser bercer par son jeu, car elle avait rêvé dans sa jeunesse de devenir pianiste elle aussi. Son père n'avait pas voulu. Pour lui, la musique, c'était juste bon à casser les oreilles de tout le monde…, avec les voisins qui viennent se plaindre. Mais elle n'avait jamais pu l'accepter. Un rêve, une fois bien entré dans la tête, il y est pour longtemps. Après bien des années de cela, elle se voyait encore en train de jouer les plus grands compositeurs dans les plus grands festivals du monde. En France, en Suisse, en Italie ou au mont Orford. Et de tous les genres. Du classique, du jazz, des danses carrées ou du tam-tam. Comme à Vincent-D'Indy. Perdue dans ses pensées, en écoutant Camille Legault, elle se rappelait tout cela. Mais la vie étant plutôt bizarre, je dois vous préciser que, pour sa part, Camille Legault n'aimait pas du tout la musique. C'est sa mère, une autre rêveuse frustrée, qui lui avait imposé ses espoirs déçus. À dix ans, déjà, elle l'avait attelé à un piano pour en faire un grand concertiste. Cinq à six heures par jour, plus les samedis et les dimanches. Pendant que ses petits camarades s'amusaient dans la ruelle, lui se faisait chier dans le salon. Le pire, c'est qu'il aurait voulu devenir

avocat, mais il avait dû renoncer au droit et à « ses croches »
pour s'en farcir des vraies en double et en triple.

Le plus drôle de l'histoire, c'est que parfois, au bar, des
disciples de la toge venaient lui confier qu'ils auraient aimé
être pianistes. Quand on dit que le monde est mal fait, ce
n'est pas un rêve. Voyez les joueurs de trompette, qui se
magañent le cœur et les babines quand la plupart d'entre
eux auraient aimé vendre des cravates. Mais les circons-
tances… le destin… et on se retrouve à souffler dans un
tuyau. Et les joueurs de contrebasse, qui s'arrachent les
ongles et se font de la corne ; et les violonistes, qui attrapent
des torticolis ; les joueurs de tambour qui, dans un moment
fougueux, échappent une baguette et se retrouvent poursuivis en justice par un cave de la première rangée. D'ailleurs, il y a des avocats qui se spécialisent justement dans les
causes de batteurs, et dans celles des trombonistes qui
assomment le clarinettiste d'en avant avec leur garcette à
coulisse. La musique, ce n'est pas de tout repos. La preuve,
c'est que Schumann a été interné et que Chopin est mort à
trente-sept ans. Malgré tout cela, accotée à son bar, Cafouine
songeait au temps où elle rêvait de gammes et de pédaliers.
Parfois, sans trop savoir pourquoi, elle se mettait à détester
Camille. Peut-être parce qu'il semblait tellement s'ennuyer
quand elle aurait tant voulu être à sa place.

Quand, après avoir joué cinquante minutes, il faisait sa
pause syndicale, elle le regardait tripoter ses partitions avec si
mauvaise grâce que cela la choquait. Ce qu'elle aurait donné
pour en avoir aussi des partitions à tripoter ! Mais non. Que
des verres à laver et des bouteilles à ranger. Elle se mettait
alors à le haïr dangereusement. Il lui arrivait même d'être
obligée de se retenir pour ne pas lui lancer le couteau à
couper les citrons. Cet accès de rage l'inquiétait. Elle se voyait
en prison, purgeant une longue sentence. Pour ne pas en
arriver à cette extrémité, elle avait trouvé un moyen dia-
bolique de se défouler en faisant enrager noir ce pauvre
Legault, qui pourtant n'y était pour rien. Tout en causant avec
des clients, soudain, nonchalamment, elle disait comme ça :

« J'ai étudié également le piano quand j'étais jeune. »

Tous les biberons assis sur leur tabouret comme des cochons alignés devant leur abreuvoir s'exclamaient :

« Ah oui ! Comme nous aimerions vous entendre.

— Je ne sais pas si Camille va vouloir. »

Mais lui qui, bien sûr, l'avait entendue (quand on est musicien, on a de l'oreille) devenait bleu comme une valse de Strauss et marmottait :

« Est-ce que j'intrigue, moi, pour aller laver ses verres ? Non. Chacun son métier. »

Mais à tout coup un client s'approchait en minaudant :

« Est-ce que mademoiselle Cafouine pourrait jouer un petit morceau ? »

Du bleu passant au rouge, Camille répondait :

« Elle n'a pas le temps. Le patron n'aimera pas ça. »

Ce qui était complètement faux, il s'en foutait royalement. D'abord que les clients renouvelaient leur consommation, le reste lui importait peu. Elle aurait pu brasser le clavier avec son cul que cela aurait été le dernier de ses problèmes.

Comme le veut la coutume, le client sortait cinq dollars et les tendait à Legault. C'est qu'en principe les dollars achètent tout. Au cinéma, pour un dollar, on voit des portiers de cabaret se mettre à quatre pattes ou allumer trois cigares en même temps. Mais ce n'était pas le genre de Legault. Il n'y avait pas un dollar, aussi vert fût-il, pour le faire céder quand il était bocké. Sauf qu'il y avait tous les têteux du bar. Comme des canards, ils se mettaient à beugler, à croasser ou à japper (on n'a plus les canards qu'on avait) :

« On veut Cafouine… on veut Cafouine… », tapant des mains ou du pied.

Camille Legault devait alors acquiescer de peur de voir le patron sortir de son bureau. Cafouine, s'assoyant sur le banc, commençait à jouer d'un doigt ou deux un petit air mielleux, insipide, innocent mais qui, pour les clients, bandés comme dix vaches (on n'a plus les vaches qu'on avait) prenait des proportions gigantesques. Ils trouvaient là toutes les symphonies de Beethoven et de Mozart en même temps. Je dirais que c'était l'enchantement total. Mais Legault, jaloux, interrompait ce moment divin en disant :

« Elle ne sait même pas jouer. »

C'était le scandale. Un ouragan de protestations.

« QUOI ?

— Elle ne joue qu'avec deux doigts.

— Vous apprendrez, monsieur, qu'avec deux doigts elle en fait plus que vous avec vos dix orteils. »

Sentant la soupe chaude, Cafouine se levait en disant :

« Il a raison, je ne joue pas très bien. »

L'ouragan reprenait :

« Mais non... vous êtes trop humble... etc. »

Parfois Legault ruminait quelques pensées sombres, comme celle d'aller se plaindre au syndicat. Ce qu'il ne faisait jamais, car lorsque ses représentants mettent leur nez quelque part, cela peut prendre des proportions insoupçonnées.

Par moments, vers la fin de la soirée, plongée dans une profonde tristesse, Cafouine se confiait à un client retardataire. Le soir dont je vous parle, il s'agissait d'un homme dans la cinquantaine, avec une grande barbe et un œil au beurre noir. C'était un philosophe.

« Mademoiselle, lui dit-il, la vie est un fardeau qui est lourd à porter. Pour qu'il soit plus léger, il faut s'oublier... s'oublier... S'OUBLIER... S'OUBLIER... », hurla-t-il.

Le patron sortit de son bureau pour voir ce qui se passait.

« Est-ce que monsieur a oublié quelque chose ?

— Non. Monsieur est un philosophe.

— Ah ! Si c'est un philosophe, ça va. Je suis déjà allé à l'Université de Montréal, alors je connais le genre. »

Le barbu continua :

« Pour donner un sens à sa vie, il faut savoir se dévouer... se dévouer... SE DÉVOUER... SE DÉVOUER... »

Cafouine aurait bien pu paniquer mais, en tant que barmaid, elle en avait vu d'autres.

« Vous comprenez, mademoiselle, le bonheur est dans les autres... tous les autres... LES AUTRES... LES AUTRES... OUBLIER... SE DÉVOUER... LES AUTRES...

Là le patron en eut plein le cul et sortit de son bureau en trombe.

« Écoutez, le philosophe, moi je connais, vous êtes tous des fous. C'est vous qui avez mélangé tout le monde et foutu le bordel partout. Platon... Socrate... Aristote... tous des malades. Ils seraient venus ici, que je les aurais foutus dehors. Il ne s'agit pas, monsieur, d'oublier... de se dévouer et autres conneries dans le genre mais de travailler. Comprenez-vous ?

— Non. Le travail, c'est l'argent. Et l'argent, c'est le malheur du monde. La solution est dans le dévouement.

— TRAVAILLER...

— SE DÉVOUER...

— TRAVAILLER...

— SE DÉVOUER...

— Payez et foutez-moi le camp.

— Je n'ai pas d'argent.

— Ah... pas d'argent. Alors je vais vous donner l'occasion de vous dévouer, moi. »

Il alla derrière le bar et en sortit un pot de peinture et un pinceau.

« Vous allez me peinturer le plafond... Je vais vous apprendre à travailler, moi.

— JAMAIS. Un disciple de Platon, quand il prend un pinceau, c'est pour peindre le ciel, monsieur. »

Suivit une bagarre terrible. Le philosophe se retrouva avec le pot de peinture sur la tête et le patron avec le pinceau au fond du gorgotton.

Cafouine appela la police et nos deux héros aboutirent dans la cellule pour les enragés de l'Université de Montréal. Quant à Cafouine, elle avait appris ce soir-là ce qui devait changer sa vie : le dévouement.

CHAPITRE II

Dans la rue Saint-Adamase, ils vont s'en souvenir longtemps de Cafouine Beaumarchais. Le jour de son arrivée, la routine fut bouleversée. Tout cela, naturellement, pour bien faire. Un exemple : un matin que monsieur Beaupré se berçait tranquillement sur sa galerie, Cafouine, l'ayant aperçu, eut l'impression qu'il avait de la difficulté à se faire aller. Elle se présenta donc : Cafouine Beaumarchais, spécialiste en dévouement.

« J'ai l'impression que vous avez un peu de difficulté. Je vais vous donner un petit coup de main. »

Il était alors 10 h 12. À 10 h 23, monsieur Beaupré trépassait. On est dévoué ou on ne l'est pas. De dévouement en dévouement, elle fit passer de vie à trépas une vieille dame qui n'osait plus sortir son chien, une autre, son chat. Cafouine sut si bien leur redonner confiance que, deux jours plus tard, elles montaient au ciel. Les familles concernées, qui en avaient marre depuis longtemps de leurs vieux, furent ravies et vinrent la remercier, car elles avaient pu mettre enfin la main sur l'héritage. Certains lui offrirent même un petit dédommagement, qu'elle refusa net. C'est qu'elle était vraiment sincère, comme habitée par une charité intrinsèque. Le curé vint aussi la remercier pour le petit coup de main. Que voulez-vous... les affaires sont les affaires. Il profita de la circonstance pour lui parler d'une pension pour vieillards tenue par des bonnes sœurs mais qui grugeait considérablement le budget paroissial.

«Je pourrais, si vous voulez, vous faire engager comme conseillère. Si c'est moi qui vous recommande, les bonnes sœurs n'oseront pas me refuser.»

Ce qui fut dit fut fait.

Sitôt installée à son nouveau poste, Cafouine réunit tous les vieillards dans la grande salle et leur fit répéter en chœur:

«Nous ne sommes pas vieux.

— NOUS NE SOMMES PAS VIEUX.

— Nous avons l'éternelle jeunesse.

— NOUS AVONS L'ÉTERNELLE JEUNESSE.

— Nous voulons vivre.

— NOUS VOULONS VIVRE.

— Et maintenant, tout le monde en rang pour un set carré. En avant la musique.»

Et tous de marcher à la queue leu leu, de s'enlacer, de tourner... au bout de quinze minutes, il y avait déjà douze morts, là, sur le plancher de danse. La sœur supérieure, tout énervée, dit à Cafouine:

«Voyez ce que vous faites.

— Ce n'est pas grave, c'est la danse naturelle.

— La quoi?

— C'est une loi de la nature enseignée par Darwin: la danse naturelle.»

La sœur téléphona au curé pour lui dire:

«Monsieur le curé, elle est en train de tous les tuer.

— Ce n'est pas grave; de toute façon, Dieu les attendait.»

La sœur supérieure à son tour alla swinguer et à la fin de la soirée rendit l'âme. Au bout d'un mois, il ne restait presque plus de survivants. Que voulez-vous, la joie et la jeunesse, pour des vieux, c'est mortel.

On commença alors à offrir à Cafouine, à mi-mots et tout en subtilités, des contrats pour avancer le trépas de quelques retardataires. Hélas! les plus nobles intentions, les mobiles les plus purs attirent, si je puis dire, «les mouches à marde». Au

Vatican il y en a plein. Cafouine, incorruptible, décida de changer de paysage.

C'est à ce moment qu'elle rencontra le merveilleux Alexandre de la Fondue. Faisant de la politique, représentant du peuple, il portait très bien son nom. C'est-à-dire que tout ce qui lui passait entre les mains fondait littéralement. C'était un manipulateur-né. Comme tous ceux dans son genre, il avait le don d'inspirer confiance. Lorsque l'on est représentant du peuple, c'est primordial.

Étant donné qu'il avait, comme tous les hypocrites, une réputation des plus enviables, maints électeurs venaient le voir pour lui demander un petit service. Il s'empressait de leur donner satisfaction.

Usant de ses bonnes relations, il savait aller chercher une subvention, une pension ou autres avantages financiers dont il versait la moitié et plus dans un de ses nombreux comptes en banque, refilant ce qui restait à ses pieux électeurs en leur racontant un roman du maudit, que ceux-ci gobaient avec la plus entière confiance. Si le bon peuple avait appris à ne pas avaler tout ce que leur racontent ces gentlemen, il y a longtemps qu'il n'y aurait plus de politique ni de politiciens.

En tout cas, cet Alexandre était doué. Mais s'il avait beaucoup d'admirateurs, cela relevait aussi de l'hypocrisie car ceux-ci gardaient en réserve une certaine méfiance. Ainsi, quand il était invité à un souper, l'hôte ne sortait jamais sa belle coutellerie. Mais les gens votaient quand même pour lui, car il n'y a rien comme un personnage à la réputation douteuse pour attirer l'admiration. Comme si cela était un peu romantique. De toute façon, les ratoureux passent toujours pour des gens intelligents, tandis qu'un homme honnête passe carrément pour un cave. Si Alexandre était ainsi, ce n'était pas de sa faute. Nous subissons tous une personnalité que nous n'avons pas choisie. Il faut dire que dans la lignée des de la Fondue, il y avait de quoi remplir plusieurs dossiers de police.

Ne pouvant échapper à son hérédité pas plus qu'à son code génétique, Alexandre de la Fondue œuvrait donc à temps plein dans l'exploitation et la rapine. Inutile de vous dire qu'il adorait tous ceux qui avaient le sens du bénévolat. D'ailleurs, tous les politiciens font un peu dans le genre. S'il leur fallait payer tout le monde dix dollars l'heure, ils devraient bien vite fermer leur bureau de comté.

Au pis aller, ils fournissent les sandwichs au saucisson de Bologne et le café. Pour cette maigre pitance, les bénévoles doivent fournir un travail considérable. Ce qu'ils font avec beaucoup de dévouement et une grande fierté, comme tous les imbéciles. Les armées en sont pleines. Donc cet Alexandre vit en Cafouine un bon sujet. À partir de ce jour, une tonne de travail lui tomba sur la tête. Et à n'importe quelle heure. Un bénévole n'a jamais d'heure. Cela peut durer toute la journée, toute la soirée et, dans les périodes cruciales, toute la nuit. Où dort-il? Où mange-t-il? On ne l'a jamais su. Une chose est certaine, les steaks se font rares. En plus, il doit parfois dormir sur la grande banquette de la salle d'attente où s'entassent tous ceux qui espèrent voir l'heureux élu du comté. Sans oublier les enveloppes qu'il doit adresser, dans lesquelles il doit inclure des imprimés et sur lesquelles il lui faut coller des timbres; il y a aussi le fameux porte-à-porte où il doit, en quelques phrases, convaincre tous les indécis. Mais le plus souvent il se la fait fermer au nez, sans compter les injures et les coups de pied. Même les vendeurs d'aspirateurs ne connaissent pas un sort aussi cruel. Pourtant, s'il y en a qui se font écœurer, ce sont bien eux. Mais pour les bénévoles, c'est encore pire. Les hôpitaux sont pleins de bénévoles qui ont le cul enflé comme un ballon de football. Sans compter les cliniques psychiatriques qui leur réservent une section spéciale. Mais pour en arriver là, il faut se faire écœurer longtemps.

Les plus grands hommes, c'est bien connu, commettent beaucoup d'erreurs. C'est surtout pour ça qu'ils passent à l'histoire. Et dans le cas de Cafouine, de la Fondue en avait commis une grosse. S'il s'était donné la peine de la connaître un peu mieux, il ne l'aurait jamais classée parmi les imbéciles de service. Mais les « smats » finissent par croire que tous les êtres humains sont des crétins. Je ne dirais pas qu'ils ont tort, mais il y a toujours des exceptions qui confirment la règle.

Cafouine était de celles-là. C'est-à-dire qu'elle ne mit pas grand temps à s'apercevoir que le Alexandre ne faisait pas dans l'honnêteté intégrale; que l'argent des subventions ou autres versements se volatilisait mystérieusement. En plus sa façon de manipuler à peu près tout le monde lui avait fort déplu. Donc un soir, après avoir bouffé ses sandwichs, elle entra dans son bureau et, en quelques phrases bien placées, lui régla son compte et démissionna. Mais les idéalistes, c'est leur drame, ne se laissent jamais abattre. Aucune désillusion n'en vient à bout. Ils continuent toujours, possédés par leur mission. Donc, un soir, en lisant *La Presse*, Cafouine lut une interview très intéressante de monseigneur Léger, dans laquelle il vantait les charmes de l'Afrique et des lépreux. Il racontait comment il les lavait, les berçait et les recollait. Tout ça sans rien attraper. C'est le miracle du bénévolat. Les bénévoles sont immunisés contre tout. Ainsi, à l'époque de la peste noire, tout le monde l'avait, sauf les bénévoles. Enfin monseigneur Léger manifestait, dans cet article, un tel élan du cœur pour ses lépreux qu'il terminait en disant que les vrais galeux, ce sont les Québécois. Les catholiques surtout: senteux, bavasseux, téteux, mangeux de balustres, enfin, pour être poli, pleins de marde. La seule maladie au monde qui ne se guérit jamais. La lèpre, la tuberculose, la vérole, le sida s'attrapent, mais «mardeux», on naît ainsi et c'est incurable. C'est pourquoi il avait décidé de s'en aller en Afrique où, quoi qu'on en dise, les mouches tsé-tsé, les araignées venimeuses et les serpents en tout genre sont beaucoup moins dangereux qu'un bon Québécois ordinaire. À la suite de cet article, Cafouine eut une espèce d'illumination: l'Afrique.

CHAPITRE III

S'il y a quelque chose que les Africains connaissent bien, c'est le bénévolat. Il y a des siècles et des siècles qu'ils ne font que ça. Mais leur plus belle période, ce fut lorsque les Blancs leur mirent la main dessus pour les exporter comme esclaves. Donc, question de bénévolat, quand Cafouine se pointa, elle n'impressionna personne. Mais comme les Noirs ne sont pas meilleurs que les Jaunes ou les autres, ils se dirent : « Pour une fois qu'il y a un membre de cette espèce maudite qui veut travailler pour rien, on ne va pas manquer l'occasion. » C'est ainsi qu'elle se retrouva « bonniche » dans une tribu. Pas dans une famille... dans la tribu au grand complet, où on lui refila le torchage des petits. Et des petits Noirs, ce n'est pas ça qui manque. Comme ils font dans le caca comme tous les mômes du monde entier, il faut aussi leur mettre des couches. Mais pas des Pampers. Non. Des grandes feuilles avec lesquelles on peut faire quasiment tout un paquet de couches. C'est très avantageux et bon marché. Ici, on aurait de la misère à y arriver. Même avec une grande feuille d'érable. Pourtant, s'il y a un endroit où le caca aurait sa place, c'est bien sur la feuille d'érable. Donc tous les matins, au petit jour, Cafouine partait dans la jungle chercher de grandes feuilles pour torcher les mioches le restant de la journée. Comme, en plus, il n'y avait pas de papier hygiénique, elle utilisait de grandes poignées d'herbe, dans lesquelles il y avait parfois des fourmis. Des fourmis rouges. Alors, quand le petit dernier se retrouvait avec une de ces fourmis dans le trou de balle, il en gueulait un coup. La fourmi aussi. Mais en Afrique, un bébé peut gueuler tant qu'il le veut, ça ne dérange personne. Comme ils vivent plutôt dans la nature, on le laisse faire jusqu'à ce qu'il tombe épuisé. Ici, ce ne serait pas possible. Les voisins gueuleraient encore plus fort.

Donc, pendant quelques mois, Cafouine fit du baby-sitting, tout heureuse de pouvoir réparer un peu le tort que ceux de sa race avaient causé aux pauvres Noirs. Puis un jour, comme ça, se pointa un missionnaire. Pas un vieux avec une grande barbe. Non, un tout jeune et un beau garçon. Quand il l'aperçut, il tomba des nues. Elle lui expliqua le sens de sa mission et, édifié, il se dit: «Plutôt que de la laisser torcher, je vais la prendre comme servante.» C'est ainsi qu'elle abandonna sa tribu pour le suivre. Pour abréger son curriculum vitæ, je vous dirai que son bon père venait de la région de Trois-Pistoles. S'il était entré en religion, c'est que déjà quand il était jeune il entendait une voix intérieure qui lui disait: «Il faut se dévouer à Dieu.» Il fit donc les études nécessaires. Mais une fois entré au monastère, il entendit une autre voix, et c'était celle du cul. C'est alors qu'il demanda à être envoyé en Afrique en se disant: «Là-bas je vais me farcir quelques négresses.» Mais quand il aperçut Cafouine, il eut une révélation et pensa: «Tant qu'à faire, aussi bien en prendre une de chez nous.» Je vous rappelle qu'il était joli garçon. Aussi Cafouine, ne détestant pas se faire retrousser la jupe, céda. «Aimez-vous les uns les autres», c'est un peu ça. Donc elle le suivit dans la jungle, parmi les tigres et les lions. Mais, comme tout bon missionnaire, le père Lacasse tenait à la vie. Quand on possède la vérité, on ne tient pas à se faire bouffer tout de suite. Possédé par sa mission, on espère se rendre au moins jusqu'à quatre-vingts ans. C'est pourquoi, dans les sentiers broussailleux, elle marchait en avant et lui en arrière. Quand soudain quelques grognements se faisaient entendre, il grimpait dans un arbre tandis que seule elle faisait face. Mais par un miracle de Dieu, sans le savoir, elle dégageait une odeur de B.O. que seules les bêtes pouvaient déceler, car les hommes ont le nez bouché depuis longtemps, ainsi que tout le reste. Aussitôt elles viraient de bord et notre bon père était sauvé, de même que Cafouine bien entendu. Chaque fois, le père Lacasse croyait en un miracle de Dieu. S'il avait eu le nez de n'importe quel gros pataud, il aurait compris.

Ils marchèrent ainsi dans la jungle, pendant des semaines, à la recherche de quelques cannibales que le père Lacasse avait l'intention de convertir pour qu'ils en viennent à manger des *t-bones*, comme tout le monde. Qu'ils sachent enfin que ce sont les « beus » qu'il faut manger, et non les hommes, car ces derniers ont une âme. Même ceux qui ont des faces de « beus » et qui sont souvent des maudits cochons. C'est ça, le problème. Il y a beaucoup de « beus » qui mériteraient d'aller au ciel bien avant certains humains qui ont la face du genre. C'est comme les vaches. Beaucoup de vraies mériteraient le paradis à la place des maudites vaches qui ont une âme. Le monde est ainsi fait et on n'y peut rien. Enfin un jour, par la grâce de quelque saint, il croisa enfin un cannibale, un vrai, mais qui parlait l'anglais. C'est que, dans sa jeunesse, le cannibale en question en avait rencontré un : sauvage, barbare, fédéraliste... tout. Même que ce dernier lui avait offert, sans doute pour sauver sa vie, de manger l'autre qui l'accompagnait. Le cannibale était resté surpris car, tout cannibales qu'ils soient, ils ne se mangent jamais entre eux. Enfin... ils ne mangent pas ceux de la même gang. Tandis que les Anglais, oui. Ainsi que les Français. Toute la maudite race blanche dite civilisée, quoi. C'est donc grâce à cette heureuse rencontre qu'il avait appris l'anglais. En bon « Trois-Pistolets », le père Lacasse connaissait aussi cette langue, puisque dans sa jeunesse il avait croisé beaucoup d'Américains en vacances qui grognaient contre la cherté du coin et l'exploitation. Il décida donc d'essayer de le convertir en se disant : « Après, il va m'aider à convertir les autres. » Mais pour ceux-là, ce fut une autre paire de manches. D'abord ils ne connaissaient rien à l'anglais, ne parlant que le cannibale, une drôle de langue où les gens passent leur temps à manger leurs mots. Quand Gladus (c'est un nom cannibale d'où vient le mot

«Gladstone») commença à leur parler de la résurrection et de la vie éternelle, ils se dirent: «Ma foi du yable, il est reviré fou», et ils commencèrent à jeter un regard soupçonneux au père Lacasse. C'est qu'ils l'aimaient bien, Gladus; c'était un de leurs meilleurs chasseurs. Il leur avait déjà ramené une couple d'Égyptiens, des Allemands et des Français qui n'étaient pas mangeables. C'est pourquoi ils n'apprécièrent guère que le missionnaire soit en train de le rendre dingue. Le plus vieux, le seul qui était capable de manger son homme avec une fourchette, lui dit:

«Méfie-toi, les Blancs je les connais, ils sont tous aussi malades les uns que les autres et sont capables d'inventer les pires menteries. D'ailleurs, tu n'as qu'à regarder leurs annonces à la télévision et tu vas comprendre. Des mensonges, que des mensonges. S'ils ne sont pas capables de bouffer leur prochain, par contre pour ce qui est de le fourrer, ils sont champions. Par exemple, c'est l'un d'eux qui, lors d'un safari, m'avait vendu sa Jeep. Mais il ne m'avait pas dit qu'il fallait mettre du gaz dedans. Et essaie donc de trouver une pompe à essence dans la jungle. Il m'a fallu prendre un rhinocéros pour la tirer. Tu vois comment c'est. Alors méfie-toi.»

Hélas! il était trop tard. Gladus avait déjà la foi. Le paradis... la vie éternelle... ça lui plaisait beaucoup. Surtout que, dans sa religion, c'était inexistant. Les morts se faisaient manger par la terre, point final. Un genre de cannibalisme. Une nuit, il réveilla Cafouine et le bon père en leur faisant signe de le suivre. C'est qu'il avait compris que ses frères mijotaient une petite bouffe pour le sauver. Ils partirent donc sur la pointe des pieds et marchèrent deux jours sans s'arrêter. Gladus voulait se rapprocher le plus possible de la civilisation car il savait que ses frères la fuyaient comme la peste, de peur de se faire manger. Soudain, ils tombèrent, par pur hasard, sur un monastère de Pères Blancs. Le père Lacasse s'y présenta avec Cafouine et Gladus et raconta aux Pères une histoire du maudit. Pour raconter des histoires, il n'y a rien comme un missionnaire. D'ailleurs, cela fait partie de leur mission. Quand ils surent que Gladus était cannibale, ils l'envoyèrent à la cuisine frotter les chaudrons. On est nègre ou on ne l'est pas. Ils voulurent faire la même chose avec Cafouine. Mais elle le prit très mal et descendit récupérer Gladus, qui venait justement de manger le Père économe pour se venger. Elle lui dit quelque chose comme : « On va pas se faire écœurer ici », et l'entraîna en abandonnant ce brave père Lacasse à ses pairs. Quant à l'économe, il semblerait qu'ils le cherchent encore.

En quittant le monastère, ils se dirigèrent vers le centre-ville où Cafouine, complètement vidée, s'écrasa, littérale-ment, à la terrasse d'un café. C'est que marcher des jours et des jours dans la jungle en mangeant des bananes ne con-stitue pas le régime le plus « repeppant » du monde. Tout à coup, paniquant, elle réalisa qu'elle était toute seule et pour la première fois elle s'ennuya de sa mère.

Après avoir réfléchi un tantinet, elle commença par recon-duire Gladus aux limites de la ville en lui recommandant de se tenir loin de la civilisation et en l'assurant que son monde était encore, et de loin, beaucoup plus civilisé. Après, lui indi-quant le sud, elle lui dit :

« Va et ne pèche plus. » Ils devaient, bien entendu, ne jamais plus se revoir. À la suite d'une bonne nuit de sommeil, elle se pointa au consulat canadien – il y en a presque partout – où, après une âpre discussion, elle obtint un billet de retour sur un cargo à destination de Montréal. Une petite cabine miteuse sur une mer onduleuse. Comme elle était, parmi l'équipage, les officiers et les quelques passagers, la seule femme à bord, ce ne fut point long pour qu'elle se fasse importuner. Mais un soir, après le dessert, elle se leva et poussa le grand cri du zoulou qu'elle avait entendu dans la jungle. Le reste du voyage fut des plus paisibles.

CHAPITRE IV

Un qui va s'en souvenir longtemps, de Cafouine Beaumarchais, c'est bien Désiré Default, secrétaire général de la Ligue des droits de l'homme. D'abord, il faut préciser que question de droits, Cafouine était dans le genre vicieuse. Elle ne laissait rien passer. Chaque fois qu'elle voyait une injustice, elle téléphonait à Désiré, qui se ramenait avec son gros dictionnaire de la ligue. Mais à force de se faire réveiller en pleine nuit pour toutes sortes de niaiseries, il s'était acheté un répondeur. Surtout qu'il était marié avec une habitante du troisième rang en arrière de Saint-Clin qui avait un très mauvais caractère. Chouchou qu'elle s'appelait. Quand on a un mari qui s'appelle Désiré, il vaut mieux s'appeler Chouchou ; comme ça, il est moins porté à courailler. Car un Désiré qui aurait une femme qui s'appellerait Amanda aurait beaucoup de difficulté à rester fidèle. Donc, à un moment donné, Chouchou, elle en eut son voyage de la Cafouine. Que son mari soit obligé de se lever en pleine nuit pour aller défendre les droits de toutes sortes de maudits *bums* pris dans quelque histoire, elle en avait plein le cul. Tout à coup, elle l'accrocha et lui dit de le laisser tranquille. Mais l'autre lui mit en pleine face la Charte de la ligue, où il était bien écrit que n'importe qui pouvait déranger le secrétaire général n'importe quand. Poigné entre la Charte, Chouchou et Cafouine, le secrétaire général préféra démissionner. Le président fut fort pris au dépourvu. Car ce n'est pas facile de trouver un concombre qui va accepter de se faire réveiller en pleine nuit pour aller défendre les droits d'un autre concombre. Mais ayant l'œil vif, comme tous ceux qui défendent quelque chose, il vit en Cafouine le poisson rêvé. Il la nomma donc secrétaire générale. Ce qu'elle accepta avec plaisir. Car si le bénévolat est honorable, les défenseurs de la justice ont une longueur d'avance sur les bénévoles. Non seulement elle se mit à défendre avec fougue tous ceux qui venaient chialer, mais en plus elle dénichait tous ceux qui se faisaient fourrer sans le savoir. Cependant, habitués à leur condition, ils n'appréciaient guère de la voir fouiner dans leurs affaires. Surtout que, comme tous les défenseurs de la justice, elle leur apportait deux fois plus de troubles. Cafouine, toute à sa mission, ne voulait rien entendre. Et si parfois un pauvre yable venait à être déporté à cause de son sens inné de la justice, cela ne lui faisait pas un pli. D'ailleurs, le Christ nous a bien avertis que nous aurions à souffrir pour la venue d'un monde meilleur. C'est pourquoi elle ne se troublait pas pour si peu. Au contraire, ce qui la mettait en beau «joual vert», c'est qu'un gars soit heureux de son sort tout en subissant des injustices absolument flagrantes. Celui-là, à cause de son dévouement, se retrouvait avec un paquet de troubles comme ce n'est pas possible. Ce qu'elle ne semblait pas comprendre, c'est qu'il y en a qui préfèrent de beaucoup la paix à la justice. Car à quoi rime une guerre juste? D'ailleurs, la plupart des Noirs, après la guerre de Sécession, se trouvèrent deux fois plus mal pris qu'avant. Souvent être esclaves, logés, nourris, ça vaut mieux que d'être libres… dans le chemin. Je crois qu'il n'y a rien de pire que ceux qui veulent changer le monde. Voyez la Russie et sa révolution. Mais pour les grands justiciers, ce qui compte, ce sont les principes, quel qu'en soit le prix.

Parmi les grandes injustices que Cafouine eut à combattre, le cas de Rosa Rosier fut remarquable. Cette Rosa qui venait de Newport, comme la Bolduc, n'avait jamais eu de chance dans la vie. Juste comme elle allait se marier, son fiancé s'était pendu. C'est que, quelques jours avant la date fatidique, il avait rencontré, dans une taverne, un homme désabusé de tout qui lui avait parlé du mensonge et de l'hypocrisie. Qui lui avait dit que l'amour n'est que du théâtre où les amoureux se jouent la comédie. Mais cela ne dure qu'un temps, car la vérité finit toujours par sortir. Alors c'est le visage de la haine et du mensonge qui fait son apparition. Là où il y avait des mots tendres et des serments, il n'y a plus que des rancœurs, des méchancetés et des reproches. Pendant au moins une heure, il lui avait raconté son histoire. Il lui avait parlé de cette Marie-Laure qu'il avait rencontrée à une danse et dont il s'était suffisamment épris pour la marier. Mais c'était une courailleuse du maudit. Membre d'un club de couture, d'un club de bridge, d'un autre de *bowling* et d'un dernier d'as-trologie, elle avait tous les prétextes pour laisser veiller son mari seul devant la télévision. Mais, bien entendu, tout cela n'était que mensonges pour rencontrer un amant plus un autre et un autre encore. Et lui, beau naïf, ne vit rien jusqu'au soir où, en regardant un film, il comprit que, par nature, les femmes sont menteuses et traîtresses. Le jeune promis en avait été si ébranlé qu'il s'était levé pour aller se pendre. Après avoir pleuré pendant un gros mois, Rosa avait décidé d'aller refaire sa vie à Montréal. Elle avait commencé par tra-vailler dans une manufacture, dans la poussière, pour un petit salaire. Une de ses camarades ayant quitté son emploi, elle la retrouva, par hasard, rue Saint-Laurent, où l'autre faisait le trottoir. C'est ainsi qu'elle avait découvert sa vocation. D'où ce beau cas dont Cafouine eut à se mêler.

C'est que cette Rosa Rosier, de son vrai nom Rosam, était la fille d'un illuminé qui avait adopté le nom de Rosum. Alors qu'il était au chômage, un voisin, professeur à la retraite, lui avait prêté un livre sur l'histoire de l'Empire romain. Ébloui par cette grande civilisation, et comme le gouvernement offrait aux sans emploi la possibilité de s'instruire, il s'était inscrit à un cours du soir pour étudier le latin. C'est qu'en plus, un jour qu'il avait entendu le frère Untel déplorer le français boiteux des Québécois, il s'était dit : « Pourquoi ne parleraient-ils par le latin ? » Il entrevoyait même un nouvel

Empire romain où les Québécois domineraient le monde. Le résultat de cette lubie fut que cette pauvre Rosa, dite Rosam, dut s'appliquer, encore toute jeune, à étudier aussi cette langue historique. Si bien que lorsqu'elle commença à faire le trottoir sur « la Main », pour attirer sa clientèle, elle leur parlait en latin. Ce qui fonctionnait merveilleusement bien car, en amour, l'inconnu exerce toujours un attrait irrésistible. Les autres filles s'en plaignirent au sergent Beaupré qui, moyennant une petite ristourne, devenait un peu leur père. Il convoqua donc Rosa pour lui dire que sur « la Main », on f... en français, que les Québécois ont toujours baissé leur culotte dans cette langue à la maison, au bordel et même au ciel. Mais elle prit très mal la chose. Elle s'en plaignit donc à un de ses clients, journaliste au *Journal de Montréal*, et celui-ci concocta, en troisième page dudit journal, un article sur la justice et la liberté. Cafouine eut vent de l'affaire et, en tant que grande justicière, en fit sa cause. Elle rallia même à son combat trois directeurs de cégep et deux recteurs, qui, devant la faillite de l'enseignement du français, virent là un moyen de redorer leur blason.

Du jour au lendemain toute la faune journalistique se porta à la défense de cette noble langue. Même Denise Bombardier se mit à « latiniser » ses interviews. Mais le bon peuple, n'ayant jamais rien compris à ses propos, ne vit guère de différence. Quant à Jean-Luc Mongrain, il vit là l'occasion rêvée d'y mettre le paquet.

« Le latin, dit-il, a toujours été la langue de l'amour. Caligula a violé sa sœur, sa mère et ses deux frères en latin. Néron organisait ses grandes partouzes dans cette langue et, pendant que Rome brûlait, il grattait sa lyre en latin. »

Le Parti québécois, qui était de nouveau dans l'opposition, vit là une chance unique de hâter un retour qui semblait plutôt hypothétique.

« Le latin, dit le chef de l'opposition, est la seule solution pour éviter une anglicisation qui se fait de jour en jour des plus dangereuse. De toute façon, avec le joual, les gens ne nous ont jamais compris ; donc, en latin, ça ne pourra pas être pire. Je dirais même que cela pourrait mettre du renouveau dans nos écoles qui sont en pleine décrépitude. Nous avons là une occasion de réveiller nos professeurs qui vont peut-être enfin s'intéresser à autre chose que leurs conventions et leurs journées d'étude. Nos enfants aussi vont y trouver un nouvel intérêt après avoir perdu presque tous les autres. »

Comme il fallait s'y attendre, les libéraux s'opposèrent à cette invitation à l'émancipation et au renouveau. Mais les péquistes, ayant toujours plus d'un tour dans leur sac, se présentèrent la semaine suivante avec chacun une grammaire latine pour animer la période de questions. Le gouvernement dut faire appel à deux évêques et trois chanoines pour traduire ces propos. Mais depuis Vatican II, l'Église a complètement perdu son latin. Enfin, disons que, de « la Main », le bordel s'était répandu partout.

Mais la cerise sur le gâteau fut, comme toujours, le moment où les Anglais s'en mêlèrent.

« Tabarnac, dirent-ils (la preuve qu'ils faisaient des progrès), juste comme on commence à se débrouiller en français vous allez pas venir nous compliquer l'existence ! »

La Société Saint-Jean-Baptiste répliqua :

« Si vous êtes pas capables de suivre, vous avez juste à vous en aller en Ontario. Au Québec, il faut toujours savoir s'adapter car les jours se suivent mais ne se ressemblent jamais. »

Devant cette insulte, pour la première fois la *Gazette* eut le souffle coupé comme César le lendemain de son assassinat. La situation devenant de plus en plus dangereuse, les Américains, déjà aux prises avec l'espagnol au sud, ne virent pas d'un très bon œil le fait d'avoir du latin au nord. Ils levèrent donc le petit doigt. Pas l'index ou le majeur. Non. Simplement le petit doigt, et tout rentra dans l'ordre. Quant à Cafouine, la responsable de ce chaos recherchée par toutes les polices, elle décida de prendre un peu l'air et se réfugia, pour un certain temps, dans un couvent situé près d'un monastère où se cachaient plein de criminels nazis. Mais, la nécessité faisant loi, elle dut renoncer à ses grands rêves de justice.

CHAPITRE V

Wolfgang Amadeus Collard avait été baptisé ainsi par vengeance, par pure vengeance. Toute sa vie, son père avait traîné un nom qui l'avait profondément humilié, complexé. C'est-à-dire que le grand-père, une sorte d'original, l'avait baptisé: Joseph-Castor Collard. C'est le castor qui avait été le drame. Comme si ce brave petit animal l'avait complètement rongé par en dedans. Toute sa vie il avait traîné ce prénom comme un boulet. Il avait songé faire sauter le Castor comme le gouvernement fait sauter leurs barrages, mais, à cette époque, on ne pouvait guère changer un nom dûment inscrit dans les registres de la paroisse. Ou plutôt, lorsqu'il y avait songé, il avait vingt-cinq ans et il était déjà trop tard. Tout le monde le connaissait sous ce nom et changer ce dernier n'aurait pas servi à grand-chose. S'étant marié pour apaiser une certaine rage du cul, il aurait, par contre, préféré ne pas avoir d'enfants, car ils lui tombaient carrément sur les nerfs. Mais comme en ces temps heureux il y avait un curé en dessous de chaque lit, il n'avait guère pu éviter le but chrétien de toute activité sexuelle. Et c'est là que se pointa la vengeance. En voyant arriver son premier bébé, un garçon, il s'était dit: «Je vais l'écœurer jusqu'à la fin de ses jours.» Et il l'avait baptisé Wolfgang Amadeus. C'est en passant devant le magasin *Edmond Archambault* qu'il avait remarqué ce nom affiché sur une banderole, dans la vitrine : *À la mémoire de Wolfgang Amadeus Mozart*. Il s'agissait, bien sûr, d'une grande vente des œuvres du compositeur. Mais, tout castor qu'il était, il ne connaissait pas grand-chose à la musique et n'avait même pas remarqué qu'il s'agissait d'un musicien. Tout ce qu'il avait retenu, c'est le Wolfgang Amadeus. Sitôt que sa femme eut accouché, il s'empressa de porter le poupon sur les fonts baptismaux pour l'assommer deux fois. La première avec le péché originel et la deuxième avec son Wolfgang Amadeus. Sa femme, bien entendu, n'avait rien osé dire, quoique ce prénom l'ait carrément horrifiée. Elle se voyait, le midi, sur la galerie appelant : « Wolfgang... Wolfgang... viens manger. » Elle s'était dit : « Je vais l'appeler simplement "Wolf". Les gens vont penser que c'est un nom anglais. » Mais quand elle l'appelait ainsi, chaque fois le môme se ramenait avec douze chiens qui suivaient. Enfin, ce prénom fut pour elle une charge supplémentaire et pour ce pauvre Wolfgang également. Surtout qu'à l'école ses professeurs l'avaient baptisé « Ti-Cul piano ». Ou encore « bémol à vapeur ». De quoi complexer un gars jusqu'à la fin de ses jours. Et c'est bien ce qui arriva.

Accablé par toutes ces dérisions, Wolfgang avait lâché l'école assez vite pour étudier la diction et les prémices de l'art dramatique. C'est que sa mère avait des ambitions pour lui. D'ailleurs, depuis longtemps elle espérait qu'il abandonne les mathématiques pour quelque chose de plus sérieux. Comme il était plutôt joli garçon, comme Mozart d'ailleurs, son professeur de diction, madame Adhémar Crucial, épousa tout de suite les ambitions maternelles. C'est ainsi que ce cher Wolfgang se dirigea, sans vraiment l'avoir choisi, vers le métier de comédien. Pendant des années il s'essouffla sur des BA BE BI BO BU, plus quelques poèmes de Musset et des extraits de Molière. Quand il récitait *L'Hymne à la partouze* du grand poète Angélus Cornellier, madame Crucial fermait les lumières pour allumer quelques bougies. L'ambiance était juteuse au possible. Tous les autres élèves, formant un cercle, avaient les yeux brillants et les jeunes filles connaissaient un début de jouissance, à la hauteur de la

culotte, provoqué par des mains curieuses et fouilleuses.
Quant à madame Crucial, des désirs totalement malhonnêtes
et coupables lui montaient jusqu'aux oreilles. Les cours
terminés, elle gardait Wolfgang en une sorte de retenue pour,
soi-disant, lui faire travailler certaines phrases de son poème.
Mais, question de travail, c'est surtout son cul qui la travaillait. C'est ainsi que déjà à seize ans ce cher Wolfgang se faisait
tripoter l'avancement artistique. Monsieur Crucial, pour sa
part, pas jaloux pour deux sous, profitait des égarements de
son épouse pour tapoter quelques fillettes qu'il réussissait à
attirer, après le cours, sous prétexte de leur parler de Victor
Hugo. Encore là, l'intention et les faits étaient bien différents.
Mais ces demoiselles ne semblaient pas s'en plaindre. C'est
que l'école de madame Crucial se nommant « L'Ouverture
théâtrale », il était normal que les élèves, en plus de l'initiation à la chose dramatique, reçoivent aussi l'initiation à la
vraie réalité du monde artistique. Après quelques années
d'études des plus brillantes (selon la version officielle, curriculum à l'appui), Wolfgang dut se résigner à faire face à la
vraie musique et à affronter le cruel milieu. Si au départ,
surtout à cause de son prénom, il fut reçu avec beaucoup de
chaleur, chacun croyant y discerner du génie, devant l'évidence de ses capacités réelles, cette chaleur fit vite place à un
refroidissement douloureux. Du jour au lendemain, le pauvre
Wolfgang connut la méchanceté et le rejet. Il allait se
décourager quand il rencontra un vieux comédien qui,
comme lui, avait connu mille et un déboires. La chance lui
avait souri seulement à partir de soixante ans grâce à une
petite barbiche qu'il s'était laissé pousser. Tout à coup, on lui
trouva plein d'emplois dans des pièces où il y avait un petit
vieux avec une petite barbiche. Et il y en a beaucoup. Il conseilla donc à Wolfgang d'être patient, lui assurant qu'un jour
la chance lui sourirait, que c'est « l'heure » qu'il faut surtout
savoir attendre. L'heure, malheureusement, ne vient qu'à son
heure. Après ces sages recommandations, Wolfgang devint
plus patient, soumis à son destin. Celui-ci s'avéra long et
douloureux. Pendant des années, il eut des deuxièmes et
troisièmes rôles. Quand on avait besoin de quelqu'un pour

apporter une tasse de café, ouvrir une porte ou dire : « Madame est servie », c'était lui. Avec l'avènement de la télévision, il put donner sa pleine mesure. Ce ne sont pas les petits rôles qui manquaient. Grâce à sa personnalité effacée, une sorte de non-être, il se prêtait à peu près à tout. On n'avait qu'à lui changer la perruque et il devenait tout de suite un autre. Un acteur qui possède une forte présence, un caractère bien structuré, ne peut pas ainsi changer de personnage sur commande. Quand bien même on lui mettrait dix perruques différentes, par sa voix et ses traits bien caractérisés, les gens le reconnaîtraient toujours. Tandis qu'avec Wolfgang ce n'était pas le cas. Il pouvait passer pour à peu près n'importe qui. Même que les gens lui demandaient souvent de rappeler son nom tellement ils n'étaient pas sûrs, d'une fois à l'autre, s'il s'agissait bien lui. Avoir si peu de personnalité tenait presque du néant. Mais avec une perruque, tel un caméléon, Wolfgang épousait tout de suite n'importe quel personnage. Un metteur en scène ou un réalisateur de génie aurait pu exploiter cette veine d'une façon extraordinaire. Mais comme les génies ne courent pas dans cette profession, Wolfgang restait collé aux petits rôles.

Si l'injustice adhère à toute chose en ce monde, ce qu'il y a de plus injuste, c'est encore ce qui dure longtemps. Et d'être condamné aux petits rôles pendant de nombreuses années finit par éveiller, chez Wolfgang, un sentiment de frustration qui, de jour en jour, devenait plus pénible. Un début de révolte se leva même dans son âme. C'est ici, chers lecteurs et chères lectrices, que nous allons entrer dans le vif du sujet. Nous venons de parler d'injustice et vous savez maintenant que tout ce qui concerne ce sujet intéressait Cafouine. Comme si une main invisible guidait les hommes (les femmes aussi bien sûr), un soir elle alla voir la célèbre pièce *Qui arrange s'arrange*. Après la représentation, elle voulut féliciter Aubert Tallubert qui, dans le premier rôle, avait donné une performance particulièrement brillante. Surtout dans la fameuse tirade « Qu'importe le savoir », il s'était carrément dépassé. Ce qu'il y a de plus étonnant, c'est qu'il avait eu beaucoup de difficulté à mémoriser ce piano.

Comme si le « savoir » se refusait à sa mémoire. D'ailleurs, ce qu'on ignore souvent, c'est que les comédiens, mis à part leur texte, ne connaissent rien du tout. Ils sont d'une ignorance totale en tout ce qui ne touche pas le théâtre. Donc Cafouine, tout émue, chercha la loge de la vedette pour trouver porte close. Il était déjà parti. C'est en s'informant qu'elle fit la connaissance de Wolfgang. Elle lui demanda s'il jouait dans la pièce. Comme gaffe, on ne peut faire mieux. C'est qu'avec le petit rôle qui lui était attribué, le pauvre pouvait facilement passer inaperçu. Blessé dans sa fierté, débordant de frustration et d'humiliation, il se mit à se plaindre de son sort et, de fil en aiguille, à raconter toute son histoire. Il ne pouvait guère frapper à meilleure porte.

Cafouine décida sur-le-champ de s'occuper de sa carrière. Elle lui jura que justice lui serait rendue. Pour mieux connaître la chose théâtrale, le métier, elle décida de s'intégrer, pour un temps, au milieu, comme le fait un avocat qui se glisse dans le monde de la mafia pour ensuite mieux le défendre. Elle quémanda donc un petit rôle dans une pièce en préparation : *Les Tulipes de l'Himalaya.* Sans jouer une tulipe, son rôle demeurait quand même au ras du sol. C'est alors qu'elle connut le sort ingrat des débutants, avec tout ce que cela implique de mépris, de rudoiements, de vexations. Elle partagea très vite la révolte qui habitait Wolfgang. Elle crut tout d'abord qu'il devrait peut-être changer son prénom. Mais Wolfgang s'y refusa. Il sut la convaincre que dans le monde artistique, pour sortir de l'anonymat, il n'y a rien comme un nom qui frappe, qui fait choc. Se rendant à ses arguments, elle oublia cela pour développer une formule d'attaque. Elle en était venue à croire que c'était de ce côté qu'il y avait une faille importante. Wolfgang n'était malheureusement pas du tout le genre à s'imposer, à défoncer les portes. Et pour obtenir justice, c'est la première chose à faire. Si vous restez chez vous à attendre qu'il se passe quelque chose, il ne se passera jamais rien. C'est, dans le monde tel que nous le connaissons, élémentaire. Ainsi, quand un mari trouve sa femme assassinée, si un beau-frère n'appelle pas la police, personne

ne le saura jamais. Donc, songea-t-elle, si Wolfgang est incapable de foncer, je foncerai pour lui. Bien décidée, elle alla
frapper à la porte du grand metteur en scène Paul de la
Maussadière.

Arrivé au Québec au début des années cinquante, Paul de
la Maussadière était surtout reconnu pour son mauvais caractère. Quand Cafouine se rendit au Théâtre de la Baboune, où
le maître lui avait donné rendez-vous, il était justement en
colère contre son éclairagiste qui, la veille, avait fait un noir
au mauvais moment. Comme il était environ quatorze heures,
celui-ci n'était pas encore arrivé et le maître y allait de sa
rancune coutumière. « Le con, disait-il, le connard, le fumier,
la vesse vivante, l'enculé de l'empereur, il va me le payer. »
Enfin, tout le langage soigné du grand homme y passait et sa
rage n'avait aucune retenue. Cafouine, habituée à bien des
tempêtes, fut quand même ébranlée par cette tornade épicée.
Après avoir fait son petit numéro, il eut quand même la
politesse de l'inviter à s'asseoir. Elle lui exposa donc les
malheurs de Wolfgang, lui expliqua qu'il avait droit à sa
chance, que cette injustice avait assez duré. Après l'avoir
écoutée poliment, le grand homme bondit d'un seul coup et
se mit à rire d'un air méchant pendant au moins cinq
minutes. Un rire sonore, affreux. Tout le petit théâtre en
frémit. Même que la grande horloge de l'entrée, qui ne fonctionnait plus depuis un bon moment, se mit à faire tic-tac de
nouveau. Cafouine, croyant qu'il était devenu dingue, se
cherchait une contenance. Ce qu'elle n'avait pas encore
compris, c'est qu'il ne l'était pas devenu mais qu'il l'avait
toujours été depuis qu'à l'âge de dix-huit ans, dans sa France
natale, il avait obtenu son baccalauréat. Et dans la mère
patrie, le baccalauréat est très important. Comme il donne un
certain vernis, les examens sont plutôt difficiles afin que tout
un chacun ne puisse l'obtenir. D'ailleurs la majorité des élèves
ratent le passage. Ceux qui triomphent aux questions
traîtresses en restent un peu sonnés pour toute leur vie. C'est
pourquoi toute la classe intellectuelle et politique française
semble toujours être tombée sur la tête. Dans les faits, c'est
bien cela. Ils sont siphonnés dès la sortie du lycée, et pour

longtemps. D'ailleurs, vous n'avez qu'à regarder avec quelle prétention la France divague et sombre. Heureusement, la plupart des Français préfèrent demeurer entre eux au pays de leurs ancêtres. Mais il y en a qui choisissent quand même l'étranger. C'est dommage qu'on les laisse sortir. Donc, après avoir fini sa petite comédie, il se mit à engueuler cette pauvre Cafouine en lui disant que souffrir d'injustices, dans ce métier, était bien la moindre des choses; que les trois quarts des comédiens étaient de parfaits ratés, frustrés jusqu'aux oreilles; que le Wolfgang n'était pas pire que les autres et qu'il n'avait qu'à endurer son sort. Cafouine, mise en chaleur par sa monstruosité, s'énerva à son tour.

« Monsieur, lui dit-elle, vous qui êtes Français, arrière-arrière-arrière-petit-fils de saint Vincent de Paul, de sainte Jeanne d'Arc, de Péguy, de Victor Hugo, vous devriez savoir que toute l'œuvre de Dieu tend vers la justice, qu'elle sera le pilier du royaume à venir, que nous avons tous le devoir de travailler à ce qu'elle finisse par triompher en toute chose. En tant qu'artiste, metteur en scène, directeur de théâtre, vous n'avez pas le droit de faillir à cette mission. Vous avez là une chance unique d'aider à fignoler l'œuvre du Créateur en aidant ce pauvre Wolfgang Amadeus Collard à vaincre le mépris et l'ostracisme qui le découragent et le détruisent. »

Cette tirade ébranla quelque peu le maître. Non pas que le sens de la justice l'empêchât de dormir; mais Cafouine avait frappé dans le mille en flattant son côté français, arrière-arrière-arrière-petit-fils de saint Vincent de Paul, de Jeanne d'Arc, de Péguy et autres. Tout de suite l'immense orgueil de l'histoire de la France lui tomba dessus. Il rougit, se sentit envahir par toute la fierté du monde et flotta même à deux pieds au-dessus du sol, comme sainte Thérèse d'Avila.

« Parfait, dit-il, je ferai mon devoir. Amenez-moi ce connard, fit-il exprès, pardon... ce Collard, et je lui donnerai, sans l'avoir jamais vu ni entendu, uniquement de confiance, le premier rôle de ma prochaine pièce. »

Cafouine aurait dû bondir de joie. Pas du tout. Elle le regarda, plutôt méfiante, et avec raison, car le génie avait sa petite idée. Il le convoqua donc pour la semaine suivante à la première lecture. C'était une pièce d'un auteur français qui avait été traduite par Michel Tremblay. Cela se passait dans un bordel. Le jour dit, Wolfgang se présenta. De la Maussadière lui donna le texte et, dès la première réplique, l'entreprit vivement.

« Petit con, commença-t-il par lui dire. Ah ! on veut être artiste, on se prend pour un comédien. Soit. Mais encore faut-il le prouver. Recommencez-moi cette phrase. Mettez-y un peu de sentiment, de vérité, Bon Dieu de merde. »

Et ce pauvre Wolfgang de redire :

« Karl, ta maîtresse t'attend. »

L'autre de bondir.

« Mais non, mon petit, mais non. Avec vous, on a l'impression que c'est la secrétaire du pape : sèche, pimbêche, frigide. Mais une maîtresse, mon petit, c'est quelque chose. Une femme qui s'écarte les brancards pour se donner entièrement, ce n'est pas un sac de couchage. Il faut qu'on sente de la passion, de l'amour, des cochonneries. Vous comprenez ? Recommencez.

— Karl, ta maîtresse t'attend. »

Et le maître de rebondir, de regueuler...

« Mais non. »

Pourtant, Wolfgang y mettait beaucoup de sincérité, de sentiment, du jus à mouiller douze petites culottes. Pour le Popol, ce n'était pas encore suffisant. Jamais ce qu'il fallait. Cinq heures de suite, il lui fit reprendre la phrase maudite. Soudain, voulant mettre le paquet, afin qu'Amadeus renonce enfin à toute ambition théâtrale, il bondit sur la scène pour l'achever, le traumatiser à jamais. C'est qu'en plus de crier comme un putois pris entre deux *springs*, il gesticulait comme un moulin à vent pris dans une bourrasque. Mais à faire ainsi du vent, tout à coup il reçut sur la tête tout le décor de la pièce en cours, *Vertige du Vésuve*, qui se passait, cela va de soi, dans un volcan. Le décorateur, il faut l'admettre, s'était donné du mal. Le tout tenait sur quatre madriers camouflés en roc. Comme la voix puissante de tous les gueulards du monde finit par créer une sorte d'onde de choc, le chef-d'œuvre se mit soudain à branler dans le manche et le Popol en personne reçut le Vésuve au grand complet sur le crâne. Occupé à dire toutes les méchancetés possibles, il ne put voir venir la catastrophe. Mais Amadeus... si. Quand il vit le volcan s'apprêter à dégringoler, il sauta dans la salle et ne reçut qu'un peu de gravier qui avait été collé sur la paroi. Mais le Popol, disais-je, eut droit au cadeau dans sa totalité. Heureusement que le décor était en carton-pâte, car s'il avait reçu le vrai volcan, il en serait mort sur le coup. D'ailleurs, c'est dommage qu'à l'époque de Pompéi le vrai crachoir n'ait pas été ainsi, car la ville serait encore debout. Quoique c'est le «jus» du monstre qui les anéantit. Mais dans la pièce, il y avait aussi du «jus volcanique». Une sorte de boue colorée qui, activée par un moteur, s'écoulait par quatre tuyaux en caoutchouc le long de la pente en carton-pâte. Cela donnait un très bel effet. Sur la scène, la boue s'infiltrait par cent petits trous, qui avaient été percés dans le plancher, et tombait dans une grande cuve dessous. Mais cette heureuse trouvaille avait valu à Popol quelques nuits de réflexion. Car si des trous se percent facilement, après, pour les boucher, c'est une autre paire de manches. Une pièce, tout compte fait, ne se joue que de quatre à six semaines. À Paris ou à New York, c'est une autre histoire, mais à Montréal il en va ainsi. Si bien que par la suite Popol fut obligé de faire poser de grandes feuilles de contre-plaqué par-dessus le plancher de la scène tout en se disant que ces petits trous pourraient peut-être servir pour d'autres pièces. Car dans la chose théâtrale, il y a beaucoup de trous. Parfois dans le texte, ou dans la mémoire des comédiens, mais à coup sûr, chaque soir, dans la caisse. Donc, dans ce faux volcan, il y avait aussi de la fausse matière volcanique. Or, dans l'énervement qui suivit la grande débarque, il y eut une panique et dans les coulisses, par mégarde, un technicien déclencha le mécanisme de la lave. Si bien qu'en plus de recevoir tout le volcan, le Popol eut droit aussi au «jus». Il était noir et trempé de la tête aux pieds. Lui qui en gueulait toujours un coup pour rien aurait pu alors gueuler pour quelque chose. Mais quand l'épreuve, la catastrophe est trop grande, il se produit souvent le contraire. Plutôt que de lever à deux pieds du sol dans une colère noire, l'éprouvé devient plutôt calme, doux, très doux, comme s'il n'avait plus la force de se fâcher. C'est ce qui arriva à de la Maussadière. Il devint d'une douceur infinie, coulante, mielleuse. Personne ne l'avait jamais vu ainsi. Même que certains se demandèrent s'il n'y aurait pas lieu de lui câlisser un volcan sur la tête tous les matins pour bien commencer sa journée. Inutile de vous dire que par suite de ce terrible contretemps, Amadeus fut remercié sur-le-champ, Popol lui expliquant que dans ce métier il y en a qui traînent la malchance avec eux et que ceux-là, il vaut mieux les tenir le plus loin possible. La tête basse, effondré, Amadeus s'en alla en se demandant s'il n'y avait pas un mauvais sort qui le suivait.

CHAPITRE VI

Pendant quelque temps, Cafouine se reprocha vivement de ne pas avoir été présente à cette lecture ; si elle avait été là, cela n'aurait pas été long avant qu'elle « jumpe » sur la scène, quitte à recevoir la moitié du volcan sur la tête. Et le Popol se serait fait parler. Mais en peu de temps cette amertume s'estompa car, femme d'action, elle n'était pas du tout du genre à s'éterniser sur les revers de la vie. Après réflexion, elle vint à la conclusion que le théâtre, ça ne valait pas de la schnotte. Faisant un virage à cent quatre-vingts degrés, elle décida de diriger son poulain plutôt vers la télévision. D'abord, avec toutes les âneries qui s'y débitent, il faut beaucoup moins de talent et les gens de ce milieu ne font pas du tout dans le génie. Au contraire, ils rampent au niveau du sol, plus portés à s'y enfoncer qu'à s'élever. D'après elle, Amadeus était exactement ce qu'il fallait pour ce médium. Elle réussit donc à obtenir un rendez-vous avec Citrone Dubé, une réalisatrice de téléromans très en vue.

Amadeus fut pour cette dernière une découverte. Non seulement avait-il l'air quétaine à souhait, mais en plus il pouvait débiter n'importe quel texte de Lise Gringuette tout en respectant le vide total. Certains comédiens essayaient d'y mettre un peu d'âme, de sens ; chaque fois cela gâchait le tout, plutôt que le contraire. Avec Amadeus, c'était parfait. En plus, confidentiellement, Citrone était à la recherche d'un beau jeune homme qui ne lui casserait pas les pieds avec une conversation trop éclairée. Elle aimait les choses simples, les plus simples possibles. Déjà qu'à la maison-mère elle devait se fatiguer les méninges toute la journée, quand elle dirigeait un amoureux, elle ne voulait pas recommencer. Pour elle, la vie sentimentale devait être un genre de *break* à la vie réelle. Aussi sa vie de cœur avait-elle été très difficile. Problème par-dessus problème. Même que, pendant un temps, elle avait tâté un peu du côté du lesbianisme pour voir si cela ne serait pas mieux. Ce ne fut qu'une déception de plus. Elle revint vers les mâles, mais avec la ferme intention d'en prendre des pas compliqués, le plus épais possible sans être complètement stupides. Amadeus était exactement de ce genre. Donc un soir elle l'invita, après une répétition, à prendre un verre chez elle. Pas méfiant pour deux sous, il accepta. Elle logeait dans un superbe appartement, rue Drummond, dans un édifice de vingt-trois étages, et elle habitait justement celui qui avait une vue sur la ville. Je vais vous faire maintenant, chers lecteurs et chères lectrices, une autre confidence : Citrone avait déjà séjourné, oh... pas très longtemps, dans une clinique psychiatrique. Par la suite, elle avait continué son traitement en clinique externe. Son problème ? Je l'ignore. Mais il semble qu'elle était un cas très intéressant pour les psychiatres. En fait, elle souffrait, sans que cela soit très grave, de bizarreries. Cela avait commencé dans le métro, où un jour (pourquoi ?) elle avait tiré la sonnette d'alarme. La rame s'était immobilisée et l'opérateur était venu voir ce qui se passait. Elle lui avait sauté carrément dessus, lui avait donné un super *french kiss*, tout en lui jouant dans la braguette. Se débattant, il avait demandé du secours, mais personne n'avait bougé, chacun croyant sans doute que cela faisait partie de sa vie intime. Par la suite, il avait voulu porter plainte, mais ses confrères le lui avaient déconseillé en lui disant que cela nuirait à l'image de la STCUM en espérant, secrètement, que la même chose leur arriverait. Une autre fois, elle avait réussi à entrer un petit facteur (quatre pieds et cinq pouces, cent vingt-cinq livres) dans une boîte postale. Il avait fallu scier la boîte pour le sortir de là. Inutile de vous dire que le facteur n'avait pas apprécié la chose et avait voulu mettre le paquet.

Son directeur lui avait dit que, question de paquet, il vaut mieux ne jamais aller se plaindre à la justice, car ils sont justement capables d'en mettre. À une autre occasion, elle avait déposé un gros chat à la porte de la cuisine d'un restaurant chinois, pour après aller se plaindre d'avoir trouvé des poils dans ses *spare-ribs*. Enfin, c'était une malcommode pas possible. Malheureusement Amadeus ignorait tout cela. Elle l'invita donc chez elle et, s'assoyant sur le divan, ils commencèrent à parler de choses et d'autres, entre autres du participe passé. C'est qu'elle en connaissait bien les règles. Ce qui est rare, surtout chez les hommes qui, de toute façon, ne comprennent rien du tout. Avec le participe passé, à tout coup, elle les possédait et les humiliait au possible. Et un homme humilié est à moitié vaincu. Après deux martinis, elle commença à se rapprocher et lui parla de ses voyages en lui proposant de lui montrer ses diapos. Toujours mielleuse et un peu pieuvre, elle lui demanda, innocemment, d'aller chercher le projecteur dans la garde-robe. Comme c'en était une très grande, il y entra et tira le cordon de la lumière. À ce moment précis, la porte se referma brusquement, puis il y eut un déclic et il entendit un grand rire. Il venait de se faire avoir.

«Pauvre con, lui dit-elle, je vais te faire cuire, te manger en brochette. Je suis la femme cannibale.»

À cet instant, la lumière s'éteignit. Coincé dans le noir, Amadeus eut une inquiétude, ce qui lui arrivait rarement. Comme il avait été soumis à toutes les vicissitudes de la vie, il était blindé. Mais là, c'était du spécial, du jamais vu. Il ne savait trop quoi faire. Soudain une sonnerie retentit. Le rire s'arrêta ; quelques pas, une porte qui s'ouvre, une voix d'homme. L'individu ne semblait pas de bonne humeur. Amadeus chercha à comprendre ce qui se disait mais sans succès. Quelques bribes ici et là : « charogne », « putain », « maudite vache » et « je vais te tuer ». Cela, il l'entendit très distinctement. Suivirent une lutte, des coups sourds, un silence, une porte qui se referme... puis plus rien. Il appela :

«Citrone... Citrone...?»

Pas de réponse. L'inquiétude tourna carrément à la panique. De deux coups d'épaule, Amadeus envoya la porte voler à dix pieds de là. Même que le cadre prit aussi une débarque. C'est surtout lui qui avait cédé. Il ne faut pas mettre tout sur le dos des pauvres portes, qui ont déjà un lourd passé. C'est alors qu'il aperçut Citrone, étendue avec une grande plaie à la tête et beaucoup de sang sous elle. Se dirigeant vers la porte d'entrée, il l'ouvrit discrètement, sonda le couloir pour s'assurer qu'il n'y avait personne et marcha, calmement, vers la sortie de secours. Même s'il n'était pas un intellectuel, il se dit qu'en prenant l'ascenseur il risquait de croiser des gens. Tandis que par l'escalier le risque était moindre. Qui se sert de l'escalier de secours ? Peut-être le concierge... c'est à peu près tout. Il entreprit donc la descente sans trop se presser, comme si le drame lui avait engourdi les muscles. Lorsqu'il arriva au quinzième, la porte de l'étage s'ouvrit brusquement et un homme aux cheveux roux, le regard fou, apparut, le dévisagea et se mit à dégringoler l'escalier comme un élan qui aurait eu le feu au cul. Cette apparition figea Wolfgang un court instant, puis il continua sa descente à petits pas. Rendu au rez-de-chaussée, il entrouvrit la porte avec précaution, jeta un œil et, une vraie chance de cochon, il n'y avait personne, comme si tous les locataires du bloc avaient été assassinés. Se dirigeant vers la sortie, il héla un taxi pour retourner chez lui. Là, son calme en prit un coup. Il se mit soudain à trembler de la tête aux pieds. Se rappelant qu'il lui restait un fond de gin, boisson qu'il n'achetait que pour ses amis, il le but d'un seul trait. Son calme revint automatiquement. C'est pourquoi les buveurs de gin peuvent subir les pires catastrophes sans jamais partir en peur. Comme si cette boisson anéantissait toutes les frayeurs, craintes, paniques ainsi que le sens de payer ses dettes. Puis il se mit à réfléchir : « Que dois-je faire ? Appeler la police ? Pas question. Prévenir Cafouine ? » C'était quand même une meilleure idée. Comme elle s'occupait de sa carrière, elle avait aussi droit à tous ses problèmes. Un de plus... un de moins. Puis... non. « Je vais d'abord voir ce qui va se passer. Quelqu'un va bien finir par découvrir quelque chose.

J'aviserai. Pour l'instant, je suis en sécurité. Aussi bien me reposer un peu, accumuler de l'énergie pour faire face à la tempête. » Malheureusement, la nuit qui suivit ne fut pas du tout du genre à le remettre en forme. Son sommeil fut peuplé de cauchemars. À tout moment, il se réveillait, tremblant, tout en sueur. Si bien que, lorsque le jour se leva, il était encore plus angoissé que la veille. De peine et de misère, il avala un petit déjeuner en attendant l'ouverture du dépanneur du coin. À sept heures pile, il s'y précipita. Il ne pouvait guère tomber plus pile, le proprio ayant juste eu le temps d'ouvrir la porte et de déballer la pile des journaux du jour. Il trouva bizarre qu'Amadeus soit si pressé de connaître les dernières nouvelles.

« Si c'est pour le sport, lui dit-il, les Shoe-claques de Cincinnati ont perdu.

— Ça ne m'intéresse pas », répondit Amadeus en empoignant un journal et en filant à toute vitesse.

Ce fut sa première erreur. L'homme trouva son attitude bizarre et devint soupçonneux. Il ouvrit le journal pour voir s'il n'y avait pas quelque chose de spécial. Mais non. Rien. Que de l'ordinaire. Quelques accidents, quelques vols, une inondation ici, une grève par là. Rien pour s'énerver. Par contre, pour Amadeus, ce fut la catastrophe. Toute la journée il tourna en rond, regardant la télévision et ne répondant pas au téléphone. Ce qui inquiéta Cafouine. Elle se pointa chez le concierge pour savoir si par hasard il ne l'avait pas aperçu. Mais il ne se souvenait pas très bien. Elle aurait voulu aller frapper à sa porte mais n'osa pas, car les longs couloirs silencieux de ces grands immeubles lui faisaient toujours peur. Elle avait la hantise de se faire violer par quelque maniaque.

Le lendemain, de nouveau, Amadeus se précipita à la première heure chez le marchand du coin pour s'emparer d'un journal et filer à toute allure. Rien... encore rien. Même pas à la télévision. Forcément quand les journaux ne sont pas au courant, la télévision l'est encore moins. Il était au bord de la dépression nerveuse. Le troisième jour fut le bon. En première page :

MEURTRE RUE DRUMMOND. Le proprio, ayant lu également la nouvelle, re-soupçonneux, décida d'appeler la police. Au même moment, Amadeus se rendit compte que le meurtre en question n'était pas du tout le sien mais plutôt un autre survenu au quinzième étage. Tout de suite lui revint à l'esprit cet étrange personnage aux cheveux roux qu'il avait croisé dans l'escalier. Pendant ce temps des policiers demandaient à son concierge s'il n'y avait pas un individu à l'allure bizarre habitant dans cet édifice.

« Un individu bizarre ? Ça doit être monsieur Collard. C'est un artiste. Il habite au numéro 4. »

Après y avoir frappé sans obtenir de réponse, le concierge sortit son trousseau de clés. Ouvrant, ils virent Amadeus, debout, au milieu de la pièce. Tout de suite il leur lança :

« Ce n'est pas ici, c'est sur la rue Drummond.

— Nous y sommes allés, répondirent-ils.

— Vous êtes allés au quinzième, mais il y en a eu un autre.

— Comment le savez-vous ?

— J'y étais.

— Ah... c'est donc vous.

— Non... moi, j'étais enfermé dans la garde-robe.

— On connaît ça. Tous les assassins étaient soit enfermés dans la garde-robe soit cachés en dessous du lit. Ce sont des alibis vieux comme le monde. Même Caïn avait prétendu être à son cours de piano. Allez... suivez-nous, vous allez nous indiquer le chemin. »

Rue Drummond, le concierge leur ouvrit la porte de l'appartement, qui était parfaitement en ordre. Pas de cadavre, pas de portes défoncées... rien. Amadeus tournait en rond, complètement abasourdi.

« Vous travaillez à Radio-Canada ? lui demanda un policier.

— Oui... à l'occasion.

— Ah... c'est ça. Vous allez nous suivre à l'institut Albert-Prévost. Il y a toute une section réservée pour des gens comme vous. »

Malheureusement il ne restait plus une seule place. Il y en avait encore quelques-unes dans la section « Télé-Métropole » mais, par expérience, la direction savait qu'il ne faut pas mélanger les genres.

Paniqué, complètement siphonné, Amadeus se mit à crier :

« Je ne suis pas fou... je ne suis pas fou, je veux voir ma gérante.

— Votre gérante ? fit un policier.

— Oui... ma gérante.

— Qu'est-ce que c'est ?

— C'est comme pour vous une sorte de sergent. Je veux voir mon sergent.

— Ah... si vous voulez voir votre sergent, c'est ben correct. Nous autres aussi, chaque fois qu'on capote, on va voir le sergent. »

C'est ainsi qu'Amadeus se retrouva chez Cafouine qui, depuis trois jours, vivait dans l'inquiétude.

— « Où est-ce que tu étais ? lui demanda-t-elle.

— Citrone, répondit-il, Citrone a été assassinée.

— Quoi ?

— Écoutez, lui dit un policier, nous y sommes allés. Il n'y a personne d'assassiné. Tout était en ordre. Je pense que votre poulain aurait besoin de se faire soigner.

— Je vais m'en occuper, leur répondit-elle. J'ai l'habitude.

— Enfin... s'il se met à grimper après les murs, télé-phonez-nous et on lui trouvera une place quelque part.

— Je vous remercie, ce ne sera pas nécessaire. »

Une fois les policiers partis, Amadeus reprit de plus belle son histoire.

« Écoute, Cafouine, je te jure que Citrone a été assassinée. J'étais dans l'armoire. J'ai tout entendu.

— Que faisais-tu dans l'armoire ?

— C'est elle qui m'y avait enfermé. Elle riait en disant : "Je vais te manger." C'était une folle. Carrément démente. Si elle s'est fait tuer, c'est sûrement qu'elle a fait quelques coups pendables à un mec. »

Pendant ce temps, à Radio-Canada, on commençait à s'in-quiéter aussi. L'assistant de Citrone s'était rendu à son appartement pour se faire raconter, par le concierge, ce qui s'était passé. Lorsqu'il fut de retour à la maison-mère, la direction réunit tous les réalisateurs pour la grande concertation. Car dans la maison règne la démocratie totale. Rien ne se fait sans « la grande concertation » étant donné que personne n'ose jamais prendre une décision de peur de se tromper et de se faire câlisser dehors. À plusieurs, c'est moins risqué ; la haute direction ne peut quand même pas mettre tout le monde à la porte, car Ottawa en profiterait pour mettre la clé dans la boîte. Quand ils furent tous réunis, le chef des réalisateurs dit :

« Citrone a disparu. Qu'en pensez-vous ?

— C'est bizarre », dit l'un d'eux.

Le mot était lâché. Celui qu'il ne faut surtout jamais prononcer à la maison-mère. Car le bizarre, à Radio-Canada, on n'aime pas ca. Sitôt que quelque chose du genre rôde dans la maison, c'est la panique. On aime bien le plate, le moyen, le quétaine et même, quelquefois, la qualité, pourvu que ce ne soit pas bizarre. Donc, aussitôt que le mot fut lâché, la suspicion s'installa. Parce que, dans la grande boîte, le bizarre, c'est toujours le gars d'à côté. Sur douze mille employés et plus, il y a douze mille bizarres en puissance. Donc, que chacun se disait, s'il y a du bizarre dans cette affaire, c'en est un de la gang qui a fait le coup. Et chacun de se méfier de chacun, jusqu'au moment où un régisseur avec un peu de génie (ce sont les seuls qui en ont un peu dans la place, c'est pourquoi ils restent toujours régisseurs, car le génie ne va jamais plus haut) déclara :

« Ça doit être un comédien. »

Car, faut-il le préciser, à Radio-Canada les comédiens ont le dos large. Quand ça va mal, que le budget a crevé le plafond, c'est la faute des comédiens. Après le « bizarre », ce deuxième mot fit un malheur. Comme une soupape. Et tous de s'exclamer : « C'est sûrement un comédien. Il n'y a qu'eux pour faire vraiment dans le bizarre. »

C'est ainsi que ce pauvre Amadeus fut arrêté parce qu'il avait eu le malheur de se trouver dans la garde-robe.

CHAPITRE VII

Le sergent Enclume avait mené plus d'une enquête dans sa vie. Depuis quarante ans qu'il était dans la police, il en avait vu des vertes et des pas mûres. C'est lui qui avait résolu l'affaire de la femme trouvée morte avec un séchoir à cheveux à ses côtés. Il n'avait hérité de l'enquête qu'après que tous ses confrères se furent cassé la gueule sur toutes les suppositions possibles. D'abord son coiffeur. Le pauvre avait subi un interrogatoire du tonnerre pendant deux jours. Mais il n'y a personne de plus obstiné qu'un innocent. Surtout celui qui l'est vraiment. Après, ils avaient interrogé tous ses amants. Beaucoup auraient eu raison de lui en vouloir mais de là à l'assassiner... Les soupçons, c'est bien gentil, mais il faut d'abord des preuves. C'est alors que le sergent Enclume entra en action. Il se posa d'abord cette simple question : comment peut-on assassiner quelqu'un avec un séchoir à cheveux ? C'est impossible. Ses confrères n'y avaient même pas pensé. C'est ce qui faisait la force du sergent : penser à cela à quoi les autres ne pensent pas. Poursuivant son enquête, il voulut connaître la personnalité de la victime. Il découvrit qu'elle était d'un orgueil qui aurait fait pâlir Cléopâtre en personne. Elle passait des heures devant le miroir à se maquiller et à s'inventer des coiffures invraisemblables. Voilà ce qui l'avait tuée. Elle avait fini par mourir d'épuisement, simplement.

L'orgueil est le plus grand des assassins, il vient à bout de toutes ses victimes. Mais allez donc l'arrêter. Des moines remplis d'humilité l'ont tenté, pour finir plus orgueilleux que les autres. Car l'orgueil, subtil et sournois, cherche justement à vaincre ceux qui se croient les plus humbles. L'affaire fut classée, mais le sergent acquit une grande réputation d'avoir ainsi démasqué un des plus grands assassins de tous les temps. C'est donc lui qui fut chargé de l'affaire «Amadeus». Pendant deux jours, il lui mit ses doigts dans les yeux, des *pickles* dans le nez, du poivre dans les oreilles. Rien à faire. Amadeus restait inébranlable.

«Que faisiez-vous dans la garde-robe?

— Ça ne vous regarde pas.»

S'il y a quelque chose qui fend le cul à un policier, c'est bien de se faire dire que ça ne le regarde pas. Ils ont justement l'impression que tout les regarde. Les allées et venues de chaque individu les concernent, un point c'est tout. La discré-tion, ils s'en foutent comme de l'an quarante. Aussitôt qu'ils peuvent mettre la main sur un gars, sa vie au grand complet devient leur affaire. Alors les «ça ne vous regarde pas» ont le don de les mettre en beau joual vert.

«Ah... ça ne me regarde pas hein?»

Prenant un miroir, il dit:

«Je me regarde. Donc si je me regarde, pourquoi le reste ne me regarderait pas?

— Je ne suis pas un miroir», dit Amadeus.

Le sergent lui mit alors la glace en plein visage en lui disant:

«Je vous regarde vous regarder. Donc si je peux vous regarder en train de vous regarder, tout ce qui vous regarde me regarde.

— C'est de la dialectique», lui répondit Amadeus.

Le sergent devint bleu, vert, jaune. Il sortit du bureau pour prendre un peu d'air, un peu d'eau et se changer les idées. Ses collègues voyaient bien que ça n'allait pas. C'est alors qu'un petit nouveau, qui venait juste d'arriver dans le service, lui dit:

«Je vais vous le faire avouer, moi.

— Je voudrais bien voir ça », dit le sergent piqué au vif.

Ce freluquet, par malheur, avait travaillé quelques années pour une compagnie de prêt et s'y connaissait en interrogatoires. Il entra dans le bureau et dit à Amadeus :

« C'est vous.

— Non.

— Oui.

— Non.

— Oui.

— Non.

— Oui.

— Non. »

Subitement il dit à son tour : « Non. »

Instinctivement, Amadeus rétorqua : « Oui. »

C'est le principe de la répétition inversée. Ça marche à tout coup. Le freluquet se précipita dans le bureau en disant : « Je l'ai fait avouer. » Inutile de vous dire que l'orgueil du sergent en prit un coup. S'en faire montrer par un petit nouveau est extrêmement humiliant. Il alla s'en plaindre à son directeur, qui lui dit :

« Il n'y a rien à faire avec les jeunes. Dans les cégeps, pour réussir à obtenir des bonnes notes, ils apprennent à devenir ratoureux. C'est l'évolution, mon cher. Ainsi les jeunes Romains étaient plus "smats" que les vieux Grecs. Les jeunes Mérovingiens plus *wise* que les vieux Romains. Ainsi de suite jusqu'aux Italiens. Avec eux, ça a recommencé à descendre. Enfin, le principal, c'est qu'il ait avoué. »

Et notre pauvre ami se retrouva ainsi en cour.

Chapitre VIII

Le juge Paul de la Bisbille n'était pas né du tout pour être juge. Cela l'écœurait au boutte. Si, après vingt-cinq ans de pratique toute croche du droit, il avait été nommé magistrat, c'est justement parce que cela l'écœurait. Et un juge écœuré est toujours un très bon juge. Avec lui, les choses ne traînent pas. Le coupable, coupable ou non coupable, se fait coller une sentence du maudit dans les cinq minutes qui suivent. La plupart des autres juges sont prétentieux, orgueilleux, vaniteux, enfin tout le bottin du snobisme à l'intérieur de la bole. Avec eux, les causes sont longues. Ils veulent épater et font leur Jos connaissant. Tandis que le juge écœuré a hâte que ça finisse. Alors ça passe par là. En plus, le juge Paul de la Bisbille n'aimait pas la face des bandits. Pour tout dire, il n'aimait la face de personne. Mais celle des bandits encore moins. Les bandits, les escrocs et les autres avocats qui s'étaient embarqués dans quelque combine. En principe, pour Amadeus, cela aurait dû se régler rapidement. Une condamnation quelconque sans même que le juge comprenne quoi que ce soit à l'histoire. Mais, pas chanceux comme toujours, pour la première fois, le juge de la Bisbille s'intéressa à son cas. C'est que, comme la plupart des juges, il avait, dans sa jeunesse, rêvé de devenir comédien. Mais, n'ayant aucun talent, plutôt que de se retrouver sur la scène, il s'était retrouvé sur le banc. Au moins il y a aussi un public. Ce qui est toujours ça de pris. Il faut dire aussi que des comédiens accusés de meurtre, il n'y en a pas des tonnes. Même si dans le métier ce n'est pas l'amour qui règne, ils s'entretuent très peu, de peur de se faire tuer. Ce qui est logique. Donc quand le juge de la Bisbille apprit qu'Amadeus pratiquait ce métier, cela lui plut. Enfin un cas intéressant! Pas un vendeur d'automobiles ou un *waiter* de taverne. Non. Un comédien. Cela a quand même plus de classe. Et, toujours malchanceux, non seulement Amadeus lui plut à cause de son statut, mais il lui plut tout court. Car il faut vous dire que le juge, qui avait épousé une tonne qui avait de l'argent, était devenu tellement écœuré du sexe faible qu'il aimait bien l'opposé. Je ne dirais pas qu'il s'était laissé aller à ses bas instincts, mais quand même il avait cela en tête. Donc Amadeus lui plut. Quand celui-ci raconta son histoire de la garde-robe, le juge le crut sur-le-champ. Lui-même avait déjà fini plusieurs soirées dans une garde-robe. Sa femme ayant l'air d'un tonneau, elle avait aussi les muscles qui vont avec le genre. Lorsque, par malheur, il osait la contredire, elle le poignait comme on poigne un grille-pain lors d'une chicane et le câlissait dans le fond de la garde-robe. Par conséquent, le juge connaissait. Aussi fut-il porté à croire la version d'Amadeus et dit:

«Cet homme-là n'a tué personne puisqu'il était jammé dans la garde-robe.

— Mais votre Honneur, répliqua l'avocat de la couronne, c'est ce qu'il dit, mais il n'y avait pas de témoins.

— Ni de cadavre, répliqua l'avocat de la défense.

— Comment, dit le juge, il n'y a pas de cadavre?

— Non, votre Honneur, quelqu'un a dû l'enlever.

— Mais alors pourquoi a-t-on arrêté cet homme?

— Parce que c'est lui qui a dévoilé le meurtre et qui a traîné les policiers sur le lieu de l'assassinat. Donc il y était.

— Oui... mais dans la garde-robe.

— Qu'il dit, votre Honneur... mais nous ne sommes pas obligés de le croire.

— Monsieur l'avocat de la couronne, sachez qu'il faut toujours croire un homme qui a été enfermé dans une garde-robe.

— Pourquoi, votre Honneur?

— Parce que, dans une garde-robe, il fait noir, c'est long et c'est plate. Et tout ce qui est long et plate est toujours la vérité.

— Que dois-je comprendre, votre Honneur?

— Voyez le Code criminel... c'est long et plate. Voyez l'Ancien Testament... c'est long et plate. Voyez notre Constitution... c'est la même chose. Pourtant, là se trouve la vérité. Donc si ce jeune homme était enfermé dans la garde-robe, où c'est long et plate, il ne peut dire que la vérité. De toute façon, il n'y a pas de cadavre. Commencez par trouver un cadavre et on verra après. »

C'est alors que le sergent Enclume se leva et dit :

« On n'a pas le temps de chercher un cadavre votre Honneur. On a déjà assez de troubles à prendre les vivants sans se mettre à chercher des morts.

— Moi, je veux bien, sergent... mais je ne peux pas condamner ce jeune juste sur des ouï-dire.

— Ce ne sont pas des ouï-dire... c'est lui-même qui a dévoilé ce meurtre.

— D'accord, mais il n'a pas dit que c'était lui qui l'avait commis. Il a simplement décrit ce qu'il avait entendu dans la garde-robe.

— Il a vu également le cadavre... n'est-ce pas? dit l'avocat de la couronne.

— Oui, répondit Amadeus. J'ai bien vu Citrone étendue par terre, le crâne fracassé.

— Alors où est-elle? demanda le juge.

— Je ne le sais pas.

— Donc s'il n'y a pas de cadavre et que vous ne savez rien, c'est qu'il n'y a pas eu de meurtre. »

Tout à coup, dans un virage à cent quatre-vingts degrés, le juge se mit à engueuler Amadeus.

« C'est une histoire que vous avez inventée pour vous faire de la publicité. C'est très grave, jeune homme. On ne rit pas ainsi de la justice. Je vous condamne à deux ans de prison pour mépris de la toge, de la robe et du tribunal. »

Et, d'un coup de marteau sonore, le juge se disloqua l'épaule et sortit en beau tabarnacle. Ce qui prouve que lorsqu'on passe en cour, on ramasse toujours quelque chose... coupable ou non coupable.

CHAPITRE IX

Il se trouve qu'Amadeus n'était pas du tout fait pour être un prisonnier. Il ne savait pas s'aligner avec les autres, ni marcher en rang, ni passer le balai... rien. On eut beau le mettre au trou pendant dix jours, rien à faire. La prison, ce n'était vraiment pas son genre. C'est alors que Cafouine entra en action. Même si son poulain était en dedans, elle restait quand même sa gérante. Et gérante un jour... gérante toujours. On a même vu des gérants suivre leur poulain jusqu'à la potence, organiser la mise en scène, ajuster les éclairages et, une fois l'artiste au bout de la corde, faire applaudir le public (les avocats, la famille, les gardiens) et aller jusqu'à demander un rappel. Gérant, c'est une job *steady* jusqu'au dernier souffle. Donc Cafouine se devait d'entrer en action. Elle alla voir le directeur de la prison et lui dit à peu près ceci :

« Monsieur le directeur, chaque prisonnier vous coûte trente-cinq mille dollars par année. Est-ce que cela a du sens ? Trente-cinq mille dollars pour une bande d'enfoirés, de pas bons, sans morale et sans principes. C'est payer cher pour un sous-homme sans avenir et complètement siphonné. Je vous propose de libérer Amadeus qui, dans le fond, n'est pas méchant pour deux sous. Vous allez économiser, sans vous casser la tête, trente-cinq mille dollars. C'est-y pas beau, ça ? »

Le directeur, qui venait justement de se faire parler dans les oreilles par le ministre de la Justice... question économie, trouva l'idée intéressante. Pourquoi garder en prison des individus qui, au fond, n'ont rien fait de grave? La semaine suivante, Amadeus était libéré avec le gars qui avait scié le grand poteau de la caserne des pompiers, plus celui qui avait fait un chèque sans provisions pour les œuvres du Cardinal, sans compter celui qui avait mis du savon dans l'eau de la grande descente de la Ronde... etc. Tous des énergumènes vraiment pas très méchants et pas très dangereux.

Dans la semaine qui suivit la libération d'Amadeus, tout de suite Cafouine se mit au travail. Comme il avait eu une grosse publicité, en bon agent, elle savait que cela était monnayable. Ce ne fut pas long que Radio-Canada lui offrit un rôle intéressant dans une de ses séries plates, archi-plates. Et, comme je vous l'ai déjà dit, Amadeus excellait dans le genre. Il pouvait dire n'importe quoi, n'importe comment, et cela avait quand même de l'allure. Non seulement il avait obtenu ce contrat grâce à sa notoriété de suspect numéro 1 mais aussi du fait qu'il était le dernier à avoir vu Citrone vivante. Cela lui donnait un attrait du maudit. Toutes les secrétaires et les scriptes venaient le voir pour avoir une espèce de *thrill*. D'avoir devant elles un assassin en puissance les faisait carrément pisser dans leur culotte... quand ce n'était pas autre chose. Il y avait même des femmes dans la cinquantaine devenues frigides qui couraient le voir juste pour vérifier si elles n'auraient pas un petit *feeling*. Le cul... quoi! Toujours le cul. Les autres comédiens qui travaillaient avec lui avaient quand même exigé de la protection. Avec un gars au sujet de qui on n'en sait pas trop... on ne sait jamais. Alors sur le plateau il y avait toujours un ou deux gardes armés. Cela ajoutait encore à l'ambiance. Donc dans ce téléroman plate, archi-plate, Amadeus tenait le rôle du jeune premier. Il y avait dans le moins des moins deux millions de téléspectatrices qui mouillaient en le regardant. Et l'auteur, pas fou, pour créer un suspense du maudit, avait mis dans son histoire une garde-robe et s'arrangeait pour le faire entrer dedans. Chaque fois les femmes criaient... s'évanouissaient... c'était « VO 5 ».

Pourtant, à l'occasion, il y entrait juste pour prendre un chandail de laine car, comme je vous disais, ce téléroman faisait dans le genre fret. Mais un soir, l'auteur le fit entrer et une main mystérieuse ferma la porte et Amadeus fut, une fois de plus, jammé à l'intérieur. Ce fut terrible. Non seulement des milliers de femmes s'évanouirent, mais il y eut aussi des crises cardiaques. Les services d'urgence furent débordés, ce fut le bordel. Le gouvernement exigea qu'on enlève la garde-robe, car cela n'avait pas de maudit bon sens. Mais la Ligue des droits et libertés s'y opposa. «Tout le monde, dit-elle, a le droit d'avoir une garde-robe.» Le commanditaire s'opposa aussi, car si on l'enlevait, c'est tout l'attrait du téléroman qui câlissait le camp. Pour faire bien, la compagnie des beignes à deux trous, qui commanditait l'émission, fit parvenir une belle grande garde-robe au premier ministre. Lorsque celui-ci y entra, pas chanceux et on ne sait trop comment (un mauvais esprit sans doute), il se trouva pris à son tour parce que la porte se referma brutalement. Le lendemain, l'histoire fit le tour du pays et le chef de l'opposition proposa une motion pour qu'on le laisse là. Et, croyez-moi, croyez-moi pas, elle fut votée. Même que sa maison fut entourée par une foule en colère qui criait: «Bon débarras, le diable s'en va.» Précisons qu'il n'était pas très populaire. Cette cabale, bien sûr, était organisée par les centrales syndicales, qui en avaient gros sur la patate à son sujet. Il fallut que le gouvernement fédéral envoie l'armée pour le libérer. Ce fut toute une affaire. Inutile de vous dire qu'après ça il ne fut pas question d'organiser des élections. Le premier ministre déclara:

«Je vais faire mon mandat jusqu'au bout... et un autre boutte encore. Si vous n'êtes pas contents, je vais couper tous les services sociaux, les aides à ci et les aides à ça; en plus, je vais vous couper vos salaires aux trois quarts et vous irez coucher dans une garde-robe.»

Pour sa part, par la suite, il se tint loin de tout ce qui y ressemblait le moindrement. Il avait même l'impression, quand il entrait à la Chambre des communes, d'entrer dans une garde-robe. Remarquez qu'il ne se trompait pas de beaucoup.

Enfin, Amadeus avait la vedette et les gros cachets. Tout allait pour le mieux. C'était le bonheur. Mais la vie ne tolère pas longtemps ce genre de choses. Personne n'est autorisé à avoir le bonheur total. Du moins... il ne faut pas que ça dure. D'ailleurs, elle s'en charge elle-même et ce qui devait arriver... arriva. Quoi? Un malheur, bien sûr. Un jour, en allant avec Cafouine acheter un crayon à *spring* pour pouvoir signer trois autographes en même temps, qui ne vit-il pas? Le gars aux cheveux roux qu'il avait croisé dans l'escalier. Le meurtrier du quinzième en personne. Il en devint blême et trembla même un peu. Cafouine se rendit compte que quelque chose n'allait pas.

« L'homme là-bas, les cheveux roux, c'est lui... le gars que j'ai croisé dans l'escalier, l'assassin du quinzième. »

Elle resta plutôt calme. Depuis le temps... elle s'était habituée à voir du drôle de monde.

« Il faut le suivre, dit-elle, savoir où il reste. »

Ils le suivirent donc en faisant de leur mieux pour que cela ne paraisse pas. Mais l'autre avait l'habitude. Son propre père était un paranoïaque du maudit et l'avait fait suivre, quand il était jeune, pour voir s'il n'allait pas acheter un fusil afin de le tirer. C'est qu'il avait la main agile. La moindre petite contradiction... PAF... et le petit se retrouvait à l'autre bout de la pièce. Il avait fait des efforts pour s'adoucir mais sans succès. Il savait donc que son jeunot l'avait sur le cœur et il était obsédé par la pensée de se faire assassiner. C'est pourquoi il payait un détective privé pour vérifier ses déplacements. Si bien que le rouquin était habitué. Même s'il s'en était rendu compte, cela ne l'aurait pas dérangé beaucoup. Donc ils le filèrent un bon moment pour découvrir qu'il habitait dans l'immeuble de la rue Drummond, le même où vivait Citrone. Amadeus en fut bouleversé.

« C'est pas possible, dit-il, c'est vraiment une histoire à dormir debout. Donc, conclut-il, quand je l'ai croisé, c'est qu'il descendait à son appartement. Il s'agit de savoir qui il est et à quel étage il habite. »

Ils sonnèrent chez le concierge, qui manqua d'avoir une attaque d'apoplexie en l'apercevant.

« Vous allez me tuer, je suppose. Vous m'en voulez parce que j'ai témoigné au procès. Mais je ne pouvais pas l'éviter...

— Ne vous énervez pas pour rien, répondit Amadeus. D'abord je n'ai jamais tué personne et cela ne va pas commencer avec vous. Tout ce que je veux savoir, c'est qui est cet homme aux cheveux roux qui habite ici. »

Tout tremblant, le concierge lui répondit :

«C'est monsieur Longchamp de Longchamp. Il habite au septième. Il est empailleur. Il peut empailler n'importe quoi : des chiens... des lapins... des souris. Il a même empaillé sa mère.

— Bon, c'est parfait. Je vous remercie.

— Empailleur, dit Cafouine, quel drôle de métier. Je croyais que ça n'existait plus.

— Voyons... dans les musées, c'est plein d'animaux empaillés. Il faut bien que quelqu'un le fasse.

— Moi, je croyais qu'ils naissaient comme ça. »

C'est alors qu'Amadeus se rendit compte que Cafouine avait aussi ses bizarreries. Il soupçonnait depuis longtemps que nous vivions dans un monde de fous, mais il croyait quand même que quelques-uns en réchappaient. Pas du tout. Le péché originel n'est pas un rêve. Nous naissons tous avec la tache.

«Il faut absolument que nous fassions la connaissance de ce monsieur, dit Cafouine. Il se pourrait que ce soit lui le coupable. Mais ce n'est pas sûr. Même si tu l'as croisé dans l'escalier, cela ne veut pas dire que c'est l'assassin. Il faut qu'on le fasse parler, qu'on le livre à la police. Tu te rends compte de toute la publicité que cela te ferait ? Ce serait extraordinaire ! Radio-Canada t'offrirait sûrement un autre rôle dans un autre de ses téléromans archi-plates.

— Je ne suis pas intéressé. Je ne veux pas risquer de m'embarquer encore dans des troubles.

— Mais, lui dit Cafouine, tu ne peux pas te débiner comme ça. C'est le devoir de chaque citoyen de travailler pour la justice. D'abord, qui était cette personne du quinzième qui a été assassinée ?

— Je ne sais pas. J'avais assez de problèmes avec mon histoire sans commencer à suivre l'autre.

— Il faut aller voir le concierge.»

Retour à l'appartement. Le concierge encore une fois devint blême.

« Qu'ai-je fait encore ?

— Rien du tout. C'est pour un autre renseignement.

— Les concierges ne travaillent pas pour la police.

— Enfin… écoutez… qui était la personne qui a été assassinée au quinzième ?

— Je n'en sais rien. Je ne veux rien savoir. Allez voir les journalistes », dit-il en claquant la porte.

Cafouine et notre ami durent donc se rendre à la bibliothèque municipale pour fouiller dans les journaux. C'est ainsi qu'ils apprirent que cette personne se nommait Omer Trudeau et était agent d'assurances.

« Bon, dit Cafouine, maintenant que nous savons cela, il s'agit de faire la connaissance de ce monsieur. »

CHAPITRE X

S'appeler Longchamp de Longchamp n'est pas de tout repos. C'est le genre de nom pour complexer un gars jusqu'aux oreilles. Il y a des noms comme ça qui peuvent développer des névroses du maudit. Ainsi « Taxi de la Gauchetière » ou « Brise Bois de la Côte Vertu », ce n'est pas ce qui arrange un gars. D'ailleurs tout petit, déjà, à l'école, il subissait les méchancetés de ses camarades à cause de son code d'identification. Il y en a qui l'appelaient « Longchamp de derrière la grange »; d'autres... « Longchamp de la bouse de vache »... etc. Si bien qu'à dix ans il était déjà complexé au boutte et détestait l'espèce humaine au plus haut point. C'est cette haine qui l'avait poussé à devenir empailleur. Quand on déteste l'humanité, c'est normal que l'on cherche quelque chose pour se venger. Empailleur, c'est l'idéal. D'ailleurs son grand-père avait été également empailleur. C'est lui qui avait empaillé tous les ministres de Taschereau qui avaient été pris dans quelque scandale. Donc ce Longchamp de Longchamp était névrosé comme la moitié d'une aile à Hippolyte-LaFontaine. Ce qui lui compliquait joyeusement l'existence. Ainsi il ne pouvait pas faire une marche, une simple petite marche, sans se rendre jusqu'à Joliette ou jusqu'à Sorel. C'était plus fort que lui. Une fois parti, il fallait qu'il continue. Une obsession terrible. Comme s'il fallait absolument qu'il se rende jusqu'au bout du «champ». Alors, quand il se ramassait à Sorel, ça le mettait en beau maudit. Il n'y a rien pour mettre en tabarnacle comme une obsession névrotique contre laquelle on ne peut rien. C'est à ces occasions qu'il commença à développer une rage de tuer. Une première fois, sur le chemin de Joliette, il avait tenté d'égorger une jeune femme qui prenait l'air. Mal lui en prit, car elle travaillait comme jappeuse dans une polyvalente, c'est-à-dire que c'est elle qui signalait que la récréation était finie. Avant c'était un retraité qui secouait une grosse cloche. Mais toutes les semaines elle disparaissait. Il fallait en acheter une autre, ce qui faisait des frais. Tandis qu'une jappeuse est plus difficile à dérober. Donc, disais-je, quand la récréation était finie, elle hurlait à en faire frémir le soleil: «C'EST FINI...» d'une voix tellement forte que tous les employés de l'usine de claques, à côté, croyaient qu'il était dix-sept heures et se préparaient à s'en aller. Le patron avait été obligé d'engager une contre-jappeuse qui criait: «NON... CE N'EST PAS VRAI.» Enfin, lorsque Longchamp de Longchamp lui sauta dessus, elle se mit à hurler:«PATOF... PATOF...» C'était son chien. Le temps de le dire, Patof se ramena avec sa gang de chums chiens et Longchamp de Longchamp prit le bord du bois et dut passer la nuit en haut d'un arbre, le temps que les chiens aient fini de renifler tous les trous. Ce n'est qu'au petit matin qu'il osa rentrer à Montréal sur la pointe des pieds. Donc ce Longchamp de Longchamp était un cas beaucoup plus intéressant que Cafouine n'aurait pu s'en douter.

Afin de pouvoir faire sa connaissance, ils élaborèrent un plan pas très génial mais pratique. Ils se dirent: «On va y aller avec un chat pour lui demander de l'empailler.» Il s'agissait seulement d'en capturer un. Et justement Amadeus avait remarqué qu'une voisine, pas loin de chez lui, avait un gros matou qu'elle mettait parfois sur sa galerie de derrière pour qu'il prenne l'air. Car un chat, c'est comme les enfants: si vous les laissez toute la journée devant la télévision, ils deviennent pâles. Il fallait simplement mettre la main dessus. Cafouine se dit: «Pour poigner un chat, la façon encore la plus simple est de lui montrer une boîte de nourriture pour chats.» En plus,

Zoé, qu'il s'appelait, en avait plein le cul (de chat) de sa maîtresse. Tout ce qu'il avait à manger, c'était des restants. Chat pas chat, les restants, on finit par s'en écœurer. Ils achetèrent donc une boîte de «Minou-bédaine», allèrent dans la ruelle et firent miroiter la boîte à Zoé qui prenait le soleil. En moins de deux, il sauta de la galerie et Amadeus, qui avait apporté une grosse boîte, le poigna par la queue et le jeta dans celle-ci. Ni vu, ni connu, car la voisine, au fond, si elle mettait son chat sur la galerie, c'était pour bécoter tranquillement le facteur. Deux jours après, ils se présentèrent chez notre empailleur, qui sortait rarement pour ne pas se retrouver à Sorel. Il les reçut fort gentiment en leur faisant remarquer que c'était très rare qu'il empaillait des chats encore vivants.

« C'est pas grave, répondit Amadeus, on va lui régler son cas. »

Mais le Zoé, tout chat qu'il était, sentit qu'il y avait quelque chose dans l'air. Les chats, c'est un peu comme les Anglais. Même s'ils ne comprennent pas tout, ils en attrapent quand même des bouts. Alors, profitant d'un moment de distraction, il s'échappa pour se réfugier en haut d'une bibliothèque. Cafouine et Amadeus essayèrent de l'attraper, mais ce ne fut point facile. De la bibliothèque il sauta sur un vaisselier... de là sur une étagère et soudain, la porte du balcon étant entrouverte, il s'y engouffra pour grimper après le mur de briques jusque sur le toit de l'édifice. C'était un chat escaladeur. Avec ses longues griffes, il pouvait s'agripper à n'importe quoi et grimper. S'il avait existé un club d'alpinisme pour chats, il y a longtemps que Zoé se serait rendu en haut du mont Everest. Et pas de crampons... de cordages... de piquets, toutes choses juste bonnes pour quelques alpinistes chieux. Non... simplement avec ses griffes. Nos deux héros se précipitèrent donc vers l'ascenseur pour monter jusqu'au *penthouse* et de là, par un petit escalier, sur le toit. Le chat y était collé sur une prise d'air pour ne pas se faire emporter par le vent. Les apercevant, et n'écoutant que son courage de chat, il redescendit le mur de briques jusqu'au septième. Car les chats, tout ce qu'ils font, ils peuvent le refaire à l'envers. Ainsi, quand ils ronronnent vers l'extérieur, ils peuvent aussi le faire par en dedans. Le problème, c'est qu'ils se mettent à gonfler comme la grenouille. La manière, c'est de leur peser sur la bedaine pour faire sortir l'air. Mais je vous préviens, c'est comme pour les *beans*... enfin, vous voyez le genre.

Quand Longchamp de Longchamp vit revenir le chat, il eut l'idée de fermer la porte du balcon. Arrivèrent Cafouine et Amadeus, qui essayèrent encore de le saisir. Voyant cela, Zoé se glissa par un petit espace dans une garde-robe. Car les chats sont maudits. Ils peuvent s'amincir jusqu'à l'épaisseur d'une feuille de papier pour se glisser par n'importe quelle fente. Cafouine se précipita pour ouvrir la porte. Longchamp de Longchamp cria: «Non... non...» mais il était trop tard et Cafouine, pourtant pas très nerveuse de nature, devint bleue... verte et jaune. C'est que dans l'armoire, pendus à de gros cintres, il y avait Citrone, le vendeur d'assurances, plus quelques autres... empaillés. Elle retrouva même Amédée Lacasse, qu'elle avait perdu de vue depuis longtemps. Qu'est-ce qu'il foutait là? Allez donc savoir. Je ne sais pas si cela vous est déjà arrivé, mais il n'y a rien qui fait plus d'effet que d'apercevoir quelqu'un que l'on a connu empaillé et suspendu à un gros cintre.

« Ah c'est vous, dit Amadeus.

— Oui... c'est moi. Quand vous m'avez croisé, je revenais du toit, où j'avais été prendre un peu d'air. Car même si on est un tueur professionnel, assassiner quelqu'un est toujours un peu stressant.

— Mais pourquoi?

— Je ne lui aimais pas la face, c'est tout. Chaque fois que je la rencontrais dans l'ascenseur, j'avais envie de vomir. Et je la rencontrais trop souvent à mon goût. D'ailleurs, j'aime la face de personne. Quand quelqu'un ne me plaît pas... houps! dans la garde-robe.

— Mais enfin, dit Cafouine, ce n'est pas une raison.

— Certainement. La vie est assez difficile comme ça sans, en plus, avoir en pleine face des faces qui ne nous reviennent pas.

— Mais comment l'avez-vous descendue?

— J'ai attendu que vous partiez et je l'ai charroyée par l'ascenseur dans ma grosse caisse d'empailleur, dans laquelle on peut transporter une vache, un cheval ou un orignal. Ce qui n'éveille pas de soupçons, car c'est bien écrit sur la boîte : Les Entreprises d'empaillement professionnel. Avec ça, il n'y a pas de problèmes. On peut transporter n'importe quel cadavre et il y a même des gens qui s'offrent pour nous aider. »

Cafouine lui dit :

« Je vais appeler la police. »

Sortant un revolver, il se fit menaçant : « Vous ne pourrez pas... » mais n'eut pas le temps de finir sa phrase que déjà nos deux amis dégringolaient l'escalier. Il tira un coup de feu qu'un pauvre yable, qui revenait de son travail, reçut dans le front. Comme il n'avait guère le temps de l'empailler, il saisit son passeport, ramassa mille dollars qu'il avait cachés dans les poches du gars du quinzième et déguerpit. Quand la police se ramena la fraise, une demi-heure plus tard, il n'y avait plus personne. Ils téléphonèrent au Musée de Québec et le lendemain deux spécialistes vinrent décrocher les empaillés pour les revendre par la suite au musée Clocklock de Londres, où sont exposés tous les Anglais morts empaillés sans qu'on ait eu à les empailler.

CHAPITRE XI

Ce merveilleux Longchamp de Longchamp avait hérité, de son père, une vieille maison sur une ferme perdue quelque part dans un rang près d'un petit village situé dans la région de Mont-Laurier. Quand il était fatigué, déprimé, il s'y retirait une semaine ou deux. Éloigné de toute autre habitation, il était, par le fait même, très peu connu. Les gens du village le croisaient, à l'occasion, quand il allait faire son marché. C'est tout. D'ailleurs, il avait dit à l'épicière s'appeler Murray. Alors quand les journaux débordèrent d'articles et d'avis de recherche au sujet d'un monsieur Longchamp de Longchamp, personne ne put soupçonner qu'il s'agissait de lui. Surtout que les journaux ne pouvaient publier aucune photo, la police n'en possédant pas. Et elle eut beau publier des placards demandant à tous les Longchamp de Longchamp de se faire connaître, la demande resta sans réponse. C'est que des Longchamp de Longchamp, à part lui, il n'y en avait aucun autre. Ni dans le livre de téléphone, ni dans les fiches de la police, ni dans les registres civils. Rien. Un généalogiste fit quelques recherches pour retracer des ancêtres problématiques, mais il ne parvint à retrouver que quelques Longchamp de Longchamp dans un petit village de France nommé Mongoleville. C'était tout. Heureusement, grâce au ministère des Finances, on finit par dénicher un individu de ce nom qui n'avait pas payé ses impôts en 1944. À la suite de quelques lettres de réclamation, il avait disparu de la carte. Où était-il passé ? Sans doute empaillé quelque part. Effectivement, c'est ce que l'on finit par découvrir. Dans les caves du Musée de Québec, on retrouva, entre deux premiers ministres, quelques juges et députés, un homme et une femme, empaillés, qui avaient été laissés dans une camionnette volée, juste en face du musée. Comme ils n'avaient aucune pièce d'identité, on les avait déposés dans le sous-sol sans plus s'en préoccuper. Et la police n'avait guère cherché davantage. Elle avait déjà assez de travail avec tous les enfoirés et enculés en tout genre, sans, en plus, se préoccuper des empaillés. Mais par suite de cette affaire, elle fit quand même quelques efforts pour récupérer au bureau des passeports de la RCMP la photo d'un dénommé Longchamp de Longchamp qui était entré au Canada en 1935. En la comparant avec la babine de l'empaillé, on fit le rapprochement fatal. De déduction en déduction, les enquêteurs conclurent que le Longchamp recherché, empailleur de son métier, avait tué son père et sa mère pour leur faire la job et les laisser en face du Musée de Québec.

Toute cette histoire d'empaillage eut un effet du maudit sur les villageois de Saint-André-de-la-Babine, le petit village près duquel notre homme avait sa ferme. C'est que depuis quelques années, sans trop savoir pourquoi, à plusieurs occasions des fermiers avaient trouvé, le matin, dans un champ ou dans la grange, une vache, un cheval ou un mouton empaillés. Cela leur avait fait un drôle d'effet. Ils en avaient parlé au sergent Debucourt qui venait parfois au village pour voir si la banque était encore là. Cette affaire l'avait intrigué mais, ne trouvant pas de réponses, il avait conclu et dit aux fermiers :

«C'est une blague, voilà tout. Il y en a un parmi vous qui est un blagueur. Ce qui n'est pas une mauvaise chose. Comme vous avez la réputation d'être des fumiers et des trous de cul de premier ordre, un blagueur va peut-être aider à améliorer votre image.»

Mais s'il y a une chose au monde que les fermiers détestent, ce sont bien les blagues. Ne vous risquez jamais à mettre la main au panier d'une fermière, car vous allez voir que le mari n'a pas du tout le sens de l'humour. Et si vous devez trois dollars et demi à un habitant du troisième rang en arrière, vous avez besoin de les lui remettre au jour et à l'heure convenus, sinon vous constaterez que ce n'est pas un farceur. Donc la blague de se faire empailler une vache ou un cheval n'avait pas du tout plu à ces messieurs du coin. Quand on parla du mystérieux empailleur dans les journaux, un cultivateur, plus malin que les autres, en vint à soupçonner le dénommé Murray. C'est que, de déduction en déduction, il s'était aperçu que les mystérieux empaillages avaient commencé un peu après que celui-ci eut atterri dans le coin. Il en avisa le sergent Debucourt lorsque celui-ci vint enquêter pour essayer de comprendre comment la banque avait disparu. Il communiqua donc avec le bureau-chef de la Sûreté du Québec à Montréal. Et, comme tous les gens avertis le savent, cette ligne est sur écoute au Bureau des journalistes baveux et fouineux du Québec. Le lendemain, tous les journaux étalèrent en première page que la police était sur la piste d'un empailleur de la région de Mont-Laurier. Quand Longchamp de Longchamp eut vent de cette rumeur, se voyant pris, écœuré de tout, il décida de mettre fin à ses jours en mangeant deux gros ballots de foin. Si bien que lorsque la police arriva sur les lieux, elle découvrit un autre empaillé. Le directeur de la Sûreté du Québec fit une déclaration dans laquelle il dit :

«Si tout le monde faisait comme lui, il y aurait plus de place dans nos prisons.»

Conclusion : ce ne sont pas seulement les empaillés qui ont le cerveau plein de foin.

CHAPITRE XII

Cette histoire de Citrone Dubé et de Longchamp de Longchamp avait apporté à Amadeus une publicité qui lui fut très profitable. Chaque fois qu'il passait à la télévision, les gens disaient: «C'est lui.» Même qu'il se faisait des petits à-côtés comme conseiller en garde-robes et également en «maris poignés dedans». Il leur expliquait comment ne pas s'énerver en prenant de grandes respirations. Même que des professeurs de culture physique se procurèrent des garde-robes portatives pour y enfermer ceux qui avaient de la difficulté à respirer profondément. Après deux heures passées là, l'élève qui en ressortait vivant savait respirer pour le restant de ses jours. Mais, bien entendu, cette affaire de conseiller n'était pas très sérieuse. Ça payait quelques dépenses superflues, tout au plus. Le sérieux, c'était son téléroman *Le Grand Grabuge*, écrit par Lise Pompette. Bien entendu, vu sa popularité, il avait le rôle principal, celui du jeune premier qui «cruisait» exclusivement de riches héritières. Ce n'était pas un téléroman pour enfant de chœur. La morale en prenait un coup. Surtout quand, après lui avoir chanté une pomme du maudit, il amenait sa proie dans la chambre à coucher. Et là, bien sûr, il y avait un lit. La caméra avait beau prendre des plans discrets, de biais ou par en dessous, on voyait quand même le matelas swinguer. Ce qui valait beaucoup d'appels au service de la programmation. C'est alors que le réalisateur eut une idée de génie. Il dit comme ça :

« Pourquoi ils iraient pas swinguer dans la garde-robe? Comme ça les gens verraient rien. Ils pourraient imaginer ce qu'ils voudraient, mais il n'y aurait pas de preuve. Ce que l'on ne voit pas est difficile à prouver, même s'il y a des gros doutes. »

Mais cette affaire de la garde-robe provoqua encore des réactions inattendues. C'est-à-dire que tous les maris désabusés, grands vaincus de toutes les positions imaginables, virent dans cette trouvaille un attrait érotique auquel ils n'avaient jamais songé. Si bien que le lundi soir, sitôt après l'émission, tous les couples de dix ans de mariage et plus se retrouvaient dans leur garde-robe. Hélas! il y eut encore des problèmes. Pour les garde-robes avec une porte à deux panneaux qui se plient, se déplient, il se passait ceci: quand, dans le feu de l'action, l'épouse ruait dans les brancards, elle se dépliait. Ce qui faisait que si par hasard un enfant, cherchant l'horaire de la télévision, se trouvait dans la chambre, il voyait ses parents dans une position qui enlève beaucoup d'autorité. Mais le pire, c'est que lorsque l'épouse refermait la porte, il arrivait, parfois, que le mari se prenait les schnolles dans la fente. Ce qui provoquait un jappement du maudit. Les enfants commençaient à brailler, les voisins appelaient les pompiers... enfin, cela enlevait beaucoup de discrétion à ces ébats naturels. D'autres, parfois, avec une poignée déficiente, restaient, c'est maintenant classique, enfermés. Ils appelaient les enfants qui, n'arrivant pas à les libérer, allaient frapper chez un voisin en lui disant, avec toute la diplomatie que l'on connaît aux marmots :

« Popa pis moman sont encore poignés dans la garde-robe à faire leurs cochonneries. »

Bien sûr que, dans un immeuble d'habitation, tous les autres entendaient et se ramenaient avec des pinces, des tournevis, pour donner un coup de main. Lorsqu'on réussissait à ouvrir la porte, il y avait là non plus deux parents, mais deux grosses tomates rouges. Les enfants se faisaient engueuler, mais également la réceptionniste de Radio-

Canada. Elle passait la ligne au directeur, qui disait aux gueulards :

« Nous ne sommes pas responsables de toutes les déviations sexuelles de la province. À ce moment-là, on ne pourra même plus annoncer des boîtes de biscuits de peur que quelques vicieux n'y trouvent un attrait particulier pour leurs perversions. »

Enfin, quoi qu'il en soit, l'émission connaissait de très grosses cotes d'écoute. Mais le comble, c'est que lors d'une diffusion, Amadeus resta pris, une fois de plus, dans la garde-robe avec une de ses vieilles rombières. Cela n'avait pas été prévu. Le réalisateur, plutôt que d'interrompre l'émission pour passer un intermède sur les écureuils, laissa la caméra tourner. On vit alors la porte subir des coups terribles. Tout à coup, tout le décor s'effondra et que vit-on ? Amadeus, les culottes baissées. Il en profitait, le cochon, pour mettre du véridique dans le fictif. Radio-Canada voulut annuler la série. Mais le public protesta. Et surtout les commanditaires. Les cotes ayant atteint des sommets jamais égalés (même *Les Filles de Caleb*, avec deux cochons poignés dans la grange, n'y étaient pas arrivées), ils ne voulaient pas perdre des profits sonnants et à venir. De toute façon, ces histoires de cul ne les scandalisaient pas du tout. Au contraire. Où il y a du cul, c'est bien connu, les affaires roulent. Et particulièrement au Québec, où la prospérité s'est toujours pointée sous des gouvernements de cul.

Cafouine, en tant que gérante d'Amadeus, touchait quinze pour cent de tout ce qui rentrait dans la caisse. Comme ses affaires allaient plutôt bien, cela lui faisait quand même un petit magot. Mais, la nature humaine étant ce qu'elle est, à un moment donné elle trouva que ce n'était plus suffisant et exigea vingt-cinq pour cent. Amadeus, bien sûr, grimpa dans les rideaux et refusa net. Pourtant, il lui devait tout. C'était quand même elle qui l'avait encouragé, qui l'avait présenté à Paul de la Maussadière, et de fil en aiguille, la Providence aidant, c'était grâce à elle qu'il s'était embarqué dans quelques histoires du maudit pour se retrouver grande vedette à la télévision. Sans sa collaboration, il ne serait jamais allé plus haut que la figuration.

« À ce moment-là, lui dit-il, je devrais payer aussi un pourcentage aux descendants de Citrone Dubé ainsi qu'à ceux de Longchamp de Longchamp. Car ce sont eux qui m'ont mis au monde. Si Citrone n'avait pas été assassinée par l'autre coco et que je n'avais pas été mêlé à cette histoire, personne n'aurait jamais entendu parler de moi. La seule chose que tu as faite, c'est de me présenter à de la Maussadière. Et quinze pour cent pour une mise en relation, c'est très bien payé.

— Et Citrone! répondit-elle. C'est aussi moi qui te l'ai présentée. Ta présence dans l'appartement, j'y suis quand même pour quelque chose. Par le fait même pour tout ce qui a suivi. Cela vaut vingt-cinq pour cent, rien de moins. »

Comme vous savez, chers lecteurs et chères lectrices, l'argent est le plus grand fléau de ce monde. C'est lui qui dresse les uns contre les autres et sépare même les plus grands. C'est ce qui devait arriver. Au fond, Cafouine avait raison. C'est bien elle qui l'avait encouragé, qui lui avait présenté Citrone. Mais, comme pour Séraphin, l'argent bouchait la vue d'Amadeus et lui obstruait une partie du cerveau. Alors Cafouine, comme toute femme normale, décida de se venger. Et ce fut une vengeance bien cruelle. Un soir, pendant la diffusion de l'émission *Le Grand Grabuge*, elle fit tout un numéro: en plein milieu de la diffusion (de vingt heures à vingt heures trente le mardi), elle entra dans le studio, se planta devant une caméra et déclara:

« C'est lui qui l'a tuée. Citrone Dubé, c'est lui. J'en ai la preuve. »

Remarquez que le réalisateur aurait pu couper et passer à un intermède. Mais non... vicieux comme pas deux (ainsi que tous les réalisateurs de Radio-Canada), il laissa aller la chose en se disant: « C'est extraordinaire, cela va doubler les cotes. » Effectivement, ce scandale fit scandale. D'abord le sergent Enclume, qui regardait toujours *Le Grand Grabuge* en espérant qu'Amadeus finirait par se trahir, se leva d'un bond et d'un autre était déjà rendu dans le studio. Cafouine ayant fait sa déclaration à vingt heures dix-sept, il restait donc onze minutes à remplir (les deux dernières servant au générique).

Pour les meubler, le réalisateur encouragea les comédiens à accabler leur confrère.

«Fumier», disait l'un... «Ordure», disait l'autre. «Je ne peux pas croire que j'ai joué avec un assassin...» etc. Cela dura environ huit minutes, très dramatiques et plutôt dégueulasses, c'est-à-dire jusqu'à vingt heures vingt-cinq. C'est alors que le sergent arriva et dit, devant la caméra: «Je vous arrête», tout en passant les menottes à Amadeus. Ce fut sublime. D'un punch du maudit. Le réalisateur fit ajouter au générique: *Le sergent Enclume tenait son propre rôle.*

CHAPITRE XIII

Le juge Paul de la Bisbille était, vous ai-je déjà dit, un des plus grands enfants de chienne que la terre ait porté. Il jugeait juste ce qui faisait son affaire, ce qui lui plaisait, point final. En plein milieu d'une cause, à plusieurs reprises, il s'était levé et avait dit à l'accusé:

«Jugez-vous tout seul, votre affaire est plate à mort, j'en ai plein le cul.»

Forcément, l'accusé s'exonérait sur-le-champ et s'en allait au plus vite, car un juge fou, parfois ça peut prendre du mieux. Le ministre de la Justice avait essayé à plusieurs reprises de le dégommer mais sans succès. C'est qu'il était d'une famille de juges de père en fils, dont plusieurs avaient leur nom dans quelque grosse anthologie des erreurs judiciaires au Québec. Par sa famille, il faisait, si je puis dire, partie de l'histoire. Et on ne peut pas crisser l'histoire dehors. Elle est là et pour longtemps. Pour la changer, ça prendrait une autre histoire, et c'est très difficile à recommencer. Enfin sa parenté de juges remontait si loin dans le passé qu'il paraît que lorsque Charlemagne rendait la justice sous un chêne, derrière c'était un de ses ancêtres qui lui soufflait les sentences. En tout cas, le juge de la Bisbille n'était pas un cadeau. Déjà au collège il faisait à peu près ce qu'il voulait et on ne pouvait pas le mettre dehors, toujours à cause de sa maudite famille. Surtout que celle-ci avait le bras long et qu'elle aurait pu aussi bien traîner le collège en justice et le faire fermer. Donc se sachant surprotégé, il se permettait de contredire ses professeurs jusqu'à ce qu'ils deviennent violets. Mais comme plusieurs étaient des chanoines, cela allait bien avec leur soutane. Il les contredisait sur des points de droit sans importance mais chiants quand on commence à s'enliser là-dedans. Ainsi, l'histoire du gars qui avait couché avec sa vache et qui avait été condamné pour polygamie. Cela revenait à dire, relevait le Popol, que sa femme était aussi une maudite vache. Donc, continuait-il, si sa femme était une vache, la vache pouvait aussi être considérée comme sa femme. Sans ça, il n'aurait pas pu être condamné. Par conséquent, si sa femme était une vache, comment se faisait-il qu'elle couchait dans la maison et l'autre dans l'étable? Là, le professeur commençait à devenir bleu, il se mélangeait, consultait la jurisprudence qui est pleine de chiens, de cochons, de rats... mais pas de vaches. Alors il allait consulter d'autres professeurs. Quand il revenait, toute la classe était partie jouer au billard. C'est à ce moment-là qu'il devenait violet. En tout cas, le juge Paul de la Bisbille, c'était, comme on dit en québécois, un tabarnacle. Quand il vit dans les journaux qu'Amadeus avait été arrêté et accusé de nouveau, il s'arrangea pour avoir la cause. Car si au début du premier procès il avait sympathisé avec lui, à la fin il ne l'aimait plus du tout. Même qu'il l'avait trouvé un peu fantasque. Alors il se disait en lui-même: «Je vais lui rabaisser le caquet.»

Quand le procès commença, le juge demanda tout de suite:

«C'est quoi cette nouvelle preuve-là?»

L'avocat de la couronne lui remit une lettre adressée à Cafouine dans laquelle Amadeus lui racontait la fameuse soirée. Mais là, il n'y avait plus de garde-robe. Non. Dans la nouvelle version, Citrone lui avait offert un rôle où il fallait chanter. Tout à coup, s'approchant de lui, elle lui avait mis la main dans le paquet et serré un peu pour voir s'il avait la voix claire. Il avait lâché un couac du maudit et, blessé dans sa pudeur, l'avait poignée par le cou pour lui faire lâcher prise. Malheureusement, il avait serré un peu fort. Cette nouvelle version était écrite, noir sur blanc, dans une lettre adressée à Cafouine. Amadeus en resta bouche bée, bouche cousue, bouche en babine... en cul de poule.. en tout cas ben bouché. Le juge demanda :

« Avez-vous fait analyser l'écriture ?

— Oui, votre Honneur. Par trois experts : un Anglais, un Allemand et un Espagnol. Pas un ne peut lire le français. Pourtant, ils ont tous reconnu son écriture. C'est encore plus fort. »

Je dois vous dire ici, chers lecteurs et chères lectrices (surtout n'allez pas raconter ça au juge), que Cafouine pouvait imiter n'importe quelle écriture. Déjà toute jeune elle faisait des chèques en imitant l'écriture de son père. Le juge Paul de la Bisbille vit là une belle occasion de faire un coup d'éclat et de rabaisser le caquet à l'accusé. Il déclara donc :

« Cette preuve est irréfutable. Je donne trois minutes au jury pour être d'accord avec moi. »

Le président du jury se leva et dit :

« On n'est pas des obstineux, monsieur le juge.

— C'est parfait, répondit-il. Je condamne donc monsieur Wolfgang Amadeus Collard à être pendu haut et court.

— Mais, votre Honneur, la peine de mort a été abolie !

— Ça fait rien, un petit changement une fois de temps en temps ne fait pas de tort. Ça va nous rappeler le bon temps. »

À la prison de Bordeaux, pris derrière quatre barreaux, Amadeus attendait son heure. La section des condamnés à mort ayant été supprimée en même temps que la fameuse sentence, il rongeait son frein dans la section des grands débiles. Il y en avait une dizaine, dont ses voisins les plus proches, c'est-à-dire celui de la cellule de gauche et celui de droite. Il s'agissait de deux frères siamois que l'on avait séparés pour la simple raison qu'ils ne s'entendaient pas. On avait donc été obligé de les scier et de leur donner chacun une cellule. D'abord les deux voisines ; mais comme les engueulades continuaient, on en avait placé un dans la troisième et Amadeus entre les deux. Dois-je vous préciser que l'on ne scie pas deux siamois comme on scie un lit à deux places. C'est-à-dire qu'il faut leur laisser certaines parties en commun. Dans leur cas, il s'agissait des intestins. Comme les boyaux sont assez longs, même séparés par une cellule, les deux frères restaient connectés ensemble. Par contre, le fameux boyau passait drette devant la cellule d'Amadeus. Avec un seul système d'intestins, forcément, il y en avait rien qu'un qui était gréé du nécessaire pour évacuer. C'était celui de droite. Alors quand celui de gauche avait une envie, Amadeus voyait passer, dans le tube, comme une boule juste devant ses yeux. Cela lui coupait complètement l'appétit et le déprimait au plus haut point. C'était comme s'il vivait avec une toilette en pleine face. Lorsque le bourreau était venu le peser et prendre ses mesures, il avait remarqué qu'il avait beaucoup maigri. Craignant qu'il ne meure de faim avant d'avoir le plaisir de le swinguer, il le fit changer de cellule, mais dans l'autre ce n'était guère mieux. À gauche, il était pris avec un marmotteux et à droite avec une prostituée qui avait tué un de ses clients qui voulait faire ça sur une balançoire. Donc pendant que le marmotteux répétait sans cesse « la maudite... la maudite », la prostituée y allait de son « l'enfant de chienne », à longueur de journée et parfois même la nuit. Or, dans la vie, quand on est poigné entre une maudite et un enfant de chienne, il vaut mieux décamper. Mais cette fois la direction ne savait plus où le caser. De toute façon, à un endroit ou à un autre, il aurait eu encore un débile de chaque côté puisqu'il était dans la section. Le placer à la clinique aurait été dangereux, il aurait pu se faire tuer ; car, c'est bien connu, quand on entre dans une clinique, on ne sait jamais si on va en sortir vivant. Surtout que le bourreau ne voulait pas le perdre. Cela faisait un long moment qu'il n'avait pas eu le plaisir de pendre un client. En fin de compte, un gardien qui le connaissait par la télévision dit :

« Enfermez-le donc dans une garde-robe, il a l'habitude. »

Ils le logèrent donc dans le vestiaire de la prison, enfermé à clé avec une télévision. Et tous les soirs, aux nouvelles, quelqu'un venait déblatérer sur son compte pendant que l'annonceur comptait les jours qui lui restaient. Ainsi finissent la plupart des comédiens. S'ils ne sont pas pendus, il y a toujours des gens pour les tuer, à petit feu, en leur rappelant ce qu'ils furent.

Il faisait encore noir lorsque, ce jour du 5 octobre 19...? (il ne faut pas chercher à tout savoir), deux gardiens vinrent réveiller Amadeus. Il était cinq heures du matin. La pendaison était prévue pour six heures et il n'y avait pas de temps à perdre, car le bourreau commençait son autre job à sept heures. C'est que, depuis la suspension de la peine de mort, il avait été obligé de se trouver un autre travail. Il faisait dans la production de poulets en série pour *Saint-Hubert BBQ*. C'est lui qui les pendait. (Comme ça, il restait dans sa ligne.) Car le directeur de cette compagnie était doté d'une sensibilité très aiguë. Il trouvait injuste que l'on tue des poulets sans que ceux-ci aient rien fait de mal. Alors, pour la forme, il leur faisait un procès de groupe. Cinq cents poulets en même temps. C'était un autre employé qui jouait le rôle de juge. Par contre, il n'y avait pas d'avocat. On ne mélange pas des rats avec des poules. Il leur demandait :

« Est-ce bien vrai que vous n'êtes qu'une gang de poulettes ? »

Les poules faisaient des « Cot... cot... cot... » que le juge interprétait comme un aveu. Alors il les condamnait à être pendues. C'était quand même un peu dur comme sentence. Après tout, être « poulette » n'est pas la fin du monde. Surtout que la plupart des juges en entretiennent une. Mais si vous fouillez dans la jurisprudence du Moyen Âge, vous découvrirez qu'en ce temps-là les poulettes étaient accablées de tous les péchés du monde et pendues. Donc, pour revenir à Amadeus, quand il se fit réveiller à cinq heures du matin, il était en train de rêver qu'il recommençait sa vie. C'est maudit de se faire réveiller dans un rêve pareil pour être pendu ! Dans la cour de la prison, les invités étaient déjà arrivés. Comme la plupart travaillaient aussi, à huit heures, il ne fallait pas les mettre en retard. Ce n'est pas parce qu'on en pend un que la vie s'arrête. Après avoir pris son dernier petit déjeuner, des toasts, des œufs et du jambon (il vaut mieux mourir le ventre plein, car de l'autre bord, ce n'est pas sûr qu'il y ait des marchés *Métro*), Amadeus fuma sa dernière cigarette en prenant son temps, juste pour écœurer ses gardiens qui, à tout moment, regardaient leur montre. À chaque bouffée, il respirait profondément et puis il faisait des ronds. Une dizaine chaque fois. C'est plus long. Ensuite, un autre gardien vint lui tailler les cheveux très courts pour que la corde ne se prenne pas dans le poil. Après qu'il eut revêtu un habit de prisonnier fraîchement repassé (après tout il y avait des invités), ils lui attachèrent les mains derrière le dos et l'amenèrent dans la cour. Tous les invités étaient là avec leurs caméras. Il y avait son avocat, sa femme et ses enfants (une pendaison, c'est toujours instructif pour les plus jeunes, ça les aligne dans le droit chemin), Cafouine avec un gars qu'il ne connaissait pas (c'était son cousin, qui avait toujours rêvé d'être pendu car il était ben écœuré), ainsi que le directeur de la prison et quelques amis. En voyant la potence, Amadeus pensa à Paul de la Maussadière. Peut-être à cause du côté théâtral de l'exécution. Les deux gardiens le firent monter et avant qu'on lui passe la corde autour du cou, il demanda :

« Comme j'ai déjà fait de la télévision j'aimerais donner moi-même le *cue*.

— C'est correct. Quand ce sera le temps, je te donnerai une petite tape sur l'épaule. »

On lui passa donc la corde et une cagoule en lui attachant aussi les pieds. Quand ce fut le moment, Cordelier (c'était son nom) lui donna une petite tape et Amadeus cria très fort :

« CUE. »

Le bourreau déclencha la trappe et fut également précipité dans le trou, car il s'était évanoui sous le coup de l'émotion. Il s'en tira avec une jambe cassée. C'est quand même moins pire, surtout qu'il réussit à sortir de l'hôpital vivant. C'est ainsi que finit Wolfgang Amadeus Collard... comme un vrai comédien de l'Union des artistes, lesquels, de toute façon, finissent toujours par se pendre.

Deux jours après l'exécution, en se levant, Cafouine eut une espèce de choc. Comme si elle se réveillait d'un mauvais rêve. Soudain elle se rendit compte de ce qu'elle avait fait, comme si, pendant le dernier mois, elle avait été dans un demi-sommeil, et elle réalisa ce que l'argent peut faire faire. Tout ça pour une affaire de pourcentage, quelques dollars de plus. Pendant toute une journée, elle se frappa la tête sur les murs. Le concierge, un brave homme, vint s'informer, quelques voisins s'étant plaints de ce qui se passait. Cafouine, heureuse d'avoir un confident, lui raconta tout. Celui-ci lui dit :

« Il ne faut pas vous en faire avec ça ; vous avez été simplement victime "d'enragite". C'est une maladie qui nous porte à nous venger pour les moindres petites choses. J'ai déjà souffert de cette maladie. Ma femme y a passé ainsi que mon père et un oncle.

— Qu'avez-vous fait ?

— Je m'en suis débarrassé.

— Vous les avez fait pendre ?

— Non... je les ai fait noyer par un noyeur professionnel. Ma femme a été retrouvée dans la lessiveuse au cycle Perma-Press, pour ne pas trop l'abîmer ; mon père, la tête dans son aquarium, et mon oncle noyé dans une grande cuve de vin qui fermentait dans sa cave.

— Mais la police a dû vous poser des questions ?

— Pas du tout. Ils ne m'ont même pas soupçonné. C'est mon frère qui a tout pris.

— Pourquoi ?

— Parce qu'il était Chevalier de Colomb. Comme ils sont tous une gang de ratoureux, de crosseurs en tout genre, les soupçons se sont portés naturellement sur lui.

— Je veux bien croire que la police ait pu le soupçonner d'avoir tué votre père et votre oncle pour quelque rancune familiale. Mais votre femme, les soupçons auraient dû normalement se porter sur vous.

— Pas du tout. Ma femme, en m'épousant, devenait automatiquement une belle-sœur. Et s'il y en a qui sont détestées dans une famille, ce sont bien les belles-sœurs. D'ailleurs, dans toutes les causes de meurtre de l'épouse bien-aimée, rarement les soupçons se portent sur le mari. Pourquoi un brave homme (comme tous les maris d'ailleurs) tuerait-il sa femme ? Trouvez-moi une seule bonne raison. Il n'y en a pas, puisqu'il peut la maudire dehors ou la battre comme plâtre. Tandis que les membres de sa famille, qui ne peuvent plus lui voir la face, ne peuvent pas en faire autant sans risquer de se retrouver en cour. Tandis que si elle est noyée, ça paraît mieux. N'importe quelle ménagère peut se noyer dans sa lessiveuse en se penchant un peu trop ; n'importe quel homme peut se noyer dans son aquarium en cherchant à attraper le poisson vidangeur et n'importe qui peut tomber dans sa cuve de vin. Ça prend de maudites bonnes preuves pour accuser un mari. Pour ma part, je n'ai jamais été importuné avec ces histoires. Par contre, je dois vous dire que j'ai eu des remords. C'est un psychologue qui m'a expliqué que je souffrais " d'enragite ". Pour me guérir, il m'a monté un compte du maudit, si bien qu'après il n'y a plus jamais rien eu pour m'enrager. Vous avez été, ma pauvre dame, victime de cette maladie. C'est terrible, car ceux que l'on a supprimés ne peuvent plus jamais revenir. Pour éliminer votre sentiment de culpabilité, je vous recommande fortement de vous faire monter un compte par un psychologue, ou même par un psychiatre ; c'est encore plus cher. Après il n'y aura plus jamais rien qui pourra vous déranger. »

Cette conversation, qui ne pouvait tomber mieux, soulagea Cafouine ; après cela, elle fit dire trois messes pour Amadeus et n'y pensa plus jamais.

Dans les mois qui suivirent, elle tourna en rond, ne sachant plus trop quoi faire. Après avoir été si active, se retrouver devant rien l'accablait. Elle pensa retourner en Afrique, mais l'énergie n'y était plus. Ces grandes marches dans la jungle lui faisaient peur, de même qu'avoir à se farcir un autre curé, avec tous les problèmes et les inattendus que cela comporte. Elle n'avait plus du tout envie de s'occuper des vieillards non plus. Se sentant elle-même un peu vieille (pourtant elle ne l'était pas), elle avait plutôt le désir que quelqu'un s'occupe d'elle. Devant ce vide total, elle se paya un petit voyage en Gaspésie, un coin qu'elle aimait bien pour y avoir déjà séjourné et dont elle avait gardé un bon souvenir. C'est ainsi qu'elle se retrouva à Percé. Comme c'était le mois d'avril, il n'y avait pas encore de touristes. Que des gens de la place, plus quelques voyageurs. C'est alors qu'elle rencontra Coquelin de Coquelune, antiquaire de son état. Pour se changer les idées, elle se mit à le suivre de ferme en ferme, où il frappait aux portes en offrant aux gens d'acheter leurs « vieilles bébelles » : chaises... armoires... cadres... huches à pain... etc. Mais comme un Américain était déjà passé avant lui, il ne récoltait que de vraies vieilleries, toutes cassées, mal en point. Il les achetait quand même, pour les retaper par la suite. C'est en faisant cette tournée que Cafouine se rendit compte que les Gaspésiens font vraiment dur. Des faces pas possibles. Des grands fronts, des gros sourcils, des nez en tire-bouchons, des oreilles de lapin, des têtes carrées... ovales... en forme de poires, d'autres en portes de garage... ce n'était vraiment pas possible. Elle avait même envie de téléphoner à de la Maussadière pour qu'il vienne voir ça. Avec des têtes pareilles, il aurait pu monter une pièce de Shakespeare et le public se serait tout de suite retrouvé au Moyen Âge. C'est comme si les gens qui vivent près de la mer avaient tendance à retourner au début de la création. Coquelin de Coquelune, déçu de ne trouver que des choses toutes déboîtées, sur l'insistance de Cafouine décida de la suivre à Montréal où, lui dit-elle, il y avait plus de vieilleries que dans tout le Québec, en commençant par le Conseil municipal.

« Vous n'avez, lui dit-elle, qu'à faire le tour des rues Saint-André, Mentana, Saint-Christophe, Châteaubriand, pour découvrir des antiquités plus antiques que les plus vieilles antiquités. Mais il faut savoir s'y prendre. Vous frappez et vous dites : "Je suis un ami de Wilfrid." C'est un mot de passe magique. Qui, dans les vieilles familles montréalaises, n'a pas un cousin, un beau-frère ou un ami qui ne se nomme Wilfrid ? C'est un nom antique, qui fait partie du folklore. Une fois dans la maison, si on vous demande de ses nouvelles, vous avez le choix : ou il est encore sur la brosse, ou il est à l'hôpital ou en prison. Avec ça, vous ne pouvez pas vous tromper. Après avoir gagné leur confiance, vous demandez à voir leurs vieilleries. Et dans les rues Saint-André, Mentana, Saint-Christophe, il y en a plus que dans trois musées du Louvre collés ensemble. Mais personne ne pense à aller les voir. Ils s'imaginent que les antiquités, c'est toujours au bout du troisième rang, alors qu'à Montréal il y en a des greniers pleins. »

Coquelune fit ce que lui conseilla Cafouine, et se retrouva avec beaucoup de problèmes. C'est-à-dire que « l'ami de Wilfrid » fonctionnait très bien, le « donnez-nous de ses nouvelles », beaucoup moins. Si par hasard il disait :

« Il est encore sur la brosse... ».

Parfois il se faisait répondre :

« Comment ?... il n'a jamais bu une goutte. »

Ce qui l'obligeait à demander : « Il y a combien de temps que vous ne l'avez-vu ? »

Cela donnait dans les quinze ans, vingt ans... parfois plus. Il devait alors inventer des histoires.

« Vous ne saviez pas... il a eu une peine d'amour... et il s'est mis à boire.

— Comment, une peine d'amour ? Il était vicaire.

— Mais, madame, ce n'est pas parce que l'on est vicaire que l'on ne peut pas avoir une peine d'amour. Après tout, le Christ a dit : " Aimez-vous les uns les autres ". »

Mais elle trouvait quand même ça drôle et continuait à le questionner.

« Où l'avez-vous vu la dernière fois ?

— À Trois-Rivières.

— Comment ça, à Trois-Rivières, il était pas capable de marcher.

— Il y était allé en auto.

— C'est impossible... il n'a jamais voulu monter dans une voiture. »

De fil en aiguille, Coquelune se mélangeait si bien qu'il se retrouvait dehors avec le café qu'elle lui avait offert et le gros chien qui lui prenait une mordée dans la fesse gauche. À une autre occasion, s'il disait :

« Il est à l'hôpital. » Il se faisait répondre :

« Comment ?... on nous a dit qu'il était mort.

— Non... pas du tout. Il avait pris du mieux. »

Les gens, méfiants, lui demandaient :

— Où est-ce qu'il avait mal déjà ? »

Il devinait :

« Ben... c'étaient ses reins...

— Pas du tout... il avait une hernie chromatique. »

De fil en aiguille, il se retrouvait encore dehors avec son chocolat chaud (il ne restait plus de café) et deux chiens qui le mordaient, un dans un mollet et l'autre dans l'autre. Mais le drame, c'est qu'il n'avait même pas le temps d'acheter un vieux cadre... une vieille armoire... rien. C'était la catastrophe. Le pire toutefois, ce fut lorsque, dans une famille qui s'informait de son Wilfrid à elle, il répondit :

« Il est en prison.

— Comment, il est en prison ? On l'a vu il y a un an à peine.

— Oui mais, monsieur, en un an un gars a le temps d'aller en prison dix fois.

— C'est impossible... c'est le meilleur gars du monde... il ne pense qu'à son violon et à ses concerts. »

Bien entendu, Coquelune ignorait que celui-là jouait du violon. Le bonhomme continuait :

« Justement, il ne s'est pas rendu à ses trois derniers récitals. Il a disparu. Tout le monde le cherche. C'est vous qui l'avez enlevé et vous venez ici pour réclamer une rançon.

— Mais je n'ai jamais parlé de ça.

— Ça ne fait rien... on sent que vous venez demander une rançon. Ça se voit dans vos yeux. Hein Germaine ? »

Et celle-ci de répondre :

« Certainement. Vous avez l'air d'un rançonneux, d'un rançonnant... (cherchant ses mots)... d'un rentier. »

Là-dessus, le bonhomme empoigna le téléphone... la police se ramena et il se retrouva au Centre où il subit un interrogatoire du maudit. C'est le détective Pingouin qui le prit en charge. Si on le surnommait ainsi, c'est qu'il portait toujours un habit de soirée avec un grand *coat* à queue. « C'est que, disait-il, les bandits, on leur doit quand même un certain respect. D'abord si on a une job, c'est grâce à eux, et puis quand on les capture après les avoir poursuivis pendant un mois et plus, et s'être fait tirer dessus, on leur doit quand même un peu de considération. Après tout, les ministres sont reçus en *coat* à queue, je ne vois pas pourquoi des moins voleurs qu'eux n'auraient pas droit à la même considération. » Donc Pingouin l'entreprit en lui demandant :

« Où avez-vous connu Wilfrid Latendresse ?

— Je ne l'ai jamais vu de ma vie, répondit Coquelune.

— Alors, comment saviez-vous qu'il existait ?

— C'était un truc pour m'infiltrer dans une maison afin d'acheter des vieilleries.

— Je connais cette réponse, monsieur. Tous les plus grands criminels m'ont toujours dit : " C'était un truc pour voir si le système d'alarme marchait ou encore si le gars pouvait recevoir deux balles dans le corps sans que ça le dérange "... etc. Si vous avez parlé de Wilfrid, c'est que vous le connaissiez.

— Pas du tout. Moi, je suis Beauceron, et quelqu'un m'a dit que dans toutes les familles montréalaises il y avait un Wilfrid ou qu'on en connaissait un.

— Des histoires... des histoires. Ça fait trente ans que je suis dans la police et je me suis toujours fait raconter des histoires. J'en ai plein le cul. D'abord, si vous êtes Beauceron, comment se fait-il que vous sachiez parler français ?

— Parce que j'ai déjà eu une maîtresse française.

— Des histoires... des histoires... il n'y a aucune Française qui ait jamais accepté de coucher avec un Beauceron. Vous êtes un faux Beauceron, vous êtes carrément un Français. La preuve : vous me racontez des histoires. Mais sachez qu'il ne s'agit plus d'un enlèvement, monsieur, mais bien d'un meurtre.

— Quoi... ?

— Oui, monsieur. On a retrouvé son cadavre dans une de vos vieilles armoires.

— Mais ce n'est pas possible. Ce Wilfrid était, de ma part, une invention.

— Que vous dites... mais la vérité est une autre paire de manches. Je suis sûr que vous le connaissiez et que vous le détestiez parce qu'il était aussi antiquaire. Alors, par jalousie, vous l'avez tué et traîné dans cette armoire.

— Mais si j'avais tué ce monsieur, pourquoi me serais-je présenté dans sa famille ?

— Pour détourner les soupçons, monsieur. C'est simple comme bonjour. Vous êtes l'assassin et vous allez y goûter.

— Tout cela n'est que suppositions. Vous n'avez aucune preuve.

— Vous êtes ici au Québec, monsieur, et les preuves, on s'en fout royalement. Quand on tient quelqu'un qui fait l'affaire, on lui refile tout sur le dos. Rappelez-vous l'affaire Coffin.

— Vous n'avez pas le droit.

— Au Québec, monsieur, la justice a tous les droits. »

Inutile de vous dire que l'affaire fut expédiée en deux temps trois mouvements, surtout que ce fut encore le juge Paul de la Bisbille qui s'en occupa. En moins de deux, ce pauvre Coquelin fut condamné au gibet. Son avocat eut beau protester que la peine de mort n'existait plus, le juge de la Bisbille répondit encore une fois :

« Une petite pendaison a toujours sa place ; ça me permet souvent de retrouver des vieux amis qui viennent se rincer l'œil et après on fait un bon gueuleton. »

Ce pauvre Coquelune se retrouva donc dans le quartier des débiles avancés, comme Amadeus. À sa gauche, il avait un bleuet du Lac-Saint-Jean et à sa droite un raisin de l'Abitibi. Ce fut vraiment un préambule à l'enfer qui l'attendait dans l'au-delà. Le gars du Lac passait sa journée à lui raconter ses souvenirs de l'époque où il sortait avec Maria Chapdelaine et l'autre, de l'Abitibi, lui racontait, à longueur de journée, des histoires plates comme seul il s'en raconte dans les tavernes de Rouyn-Noranda. De quoi virer fou. J'ai jamais entendu parler d'un gars qui avait hâte d'en finir comme lui.

Le matin de l'exécution, il eut droit aussi à un copieux déjeuner mais refusa la dernière cigarette en disant : « Ce n'est pas parce qu'on va se faire pendre qu'on est obligé de s'étouffer. » On l'amena donc au gibet où l'attendait Cordelier, heureux de pouvoir encore prendre du service.

Ce qu'il ignorait, c'est que c'était son dernier numéro. Car, chers lecteurs et chères lectrices, Coquelin, en son temps, avait été magicien. En moins de deux, il défit la corde autour de ses poignets, s'empara de celle que tenait Cordelier, la lui passa autour du cou, pesa sur la pédale qui actionne la trappe et le bourreau rendit l'âme dans les minutes qui suivirent. Comme tout le monde travaillait à huit heures, on libéra Coquelune et il disparut pour ne jamais réapparaître, comme tout bon magicien qui ne revient jamais deux fois au même endroit après avoir berné tout le monde.

CHAPITRE *XIV*

Après cette deuxième exécution, Cafouine se jura bien de ne plus jamais s'occuper de personne. Elle avait parfois l'impression d'être habitée par un esprit mauvais, qui tournait en mal tout ce qu'elle voulait faire de bien. Hélas! lorsque l'on naît avec un bon cœur, même si on fait les pires conneries, notre nature profonde nous porte toujours à continuer. L'enfer est pavé de bonnes intentions. Et Dieu sait ce que cette maxime a causé d'emmerdements à l'humanité entière. Il me semble que les hommes auraient dû apprendre à se méfier. Pas du tout... ça continue, et la liste des victimes s'allonge sans cesse. C'est sûrement cette fatalité qui, un soir, la fit entrer dans un bar où elle rencontra, assis au comptoir (tenez-vous bien), le juge Paul de la Bisbille en personne. Il avait déjà pas mal bu et semblait malheureux. Elle s'approcha et lui demanda :

« Vous êtes bien le juge Paul de la Bisbille ?

— Oui... c'est moi.

— J'ai eu l'honneur d'assister à deux causes que vous avez jugées. Celle de Wolfgang Amadeus Collard et celle de Coquelin de Coquelune. »

Le juge se mit à rire :

« Ah oui... les pendus. Ce fut une bonne blague.

— Vous trouvez ?

— On en a bien ri dans la magistrature.

— Mais je croyais que la peine de mort avait été suspendue.

— Effectivement.

— Mais alors, comment avez-vous pu vous permettre ?

— Oh... vous savez, les juges, on fait un peu ce qu'on veut.

— Mais enfin... les lois.

— On s'en fout carrément. Les lois, c'est fait pour le vil peuple. Mais nous, de la haute classe, ministres, financiers, juges, nous ne nous arrêtons pas à cela. De toute façon, les lois sont faites pour être contournées, madame. S'il fallait que tout le monde les suive, la société, comme un immense couvent, s'arrêterait, il n'y aurait plus rien de possible.

— Mais c'est affreux ce que vous dites.

— Ma chère dame, tout le monde sait ça. C'est vieux comme la création. »

Cafouine se laissa tomber sur un tabouret, abasourdie. Voyant sa déconfiture, le juge lui paya un cognac... tandis que lui en buvait deux. Si bien qu'après un certain temps son Honneur se retrouva pas mal saoul. C'est alors qu'il se mit à divaguer un peu :

« Vous savez, je n'étais pas fait pour être juge. Pas du tout. Mais comme mon père était aussi dans la magistrature, il fallait qu'un de ses fils embrasse la carrière. C'est tombé sur moi. J'ai dû obéir. Mais mon rêve aurait été de faire du théâtre. »

Cafouine entendit alors une petite cloche tinter dans sa tête et eut une vision dans laquelle son Honneur sautillait au bout d'une corde. Elle se dit : « Ah non... pas encore ! » Mais, une fois de plus, poussée par sa nature profonde, elle dit, sans nommer Amadeus :

« J'ai déjà œuvré dans le monde du théâtre. Je me suis occupé d'un comédien. Si vous le désirez, je peux vous aider. »

Le juge resta étonné :

« Mais, madame... je ne peux pas faire de théâtre... je suis dans la magistrature.

— Aucun problème. Vous n'avez qu'à vous choisir un nom de théâtre. Personne ne le saura. N'oubliez pas que Molière était juge à la cour municipale de Versailles et qu'il faisait du théâtre, comme ça, en *sideline.*»

Le juge se mit à rêver en murmurant : « Molière... Molière... si je devenais un second Molière.» Il resta accroché à cette pensée avant de se ressaisir et de dire à Cafouine :

«C'est qu'en plus j'écris des vers.

— Vous êtes poète !

— Naturellement. Tous les juges sont un peu poètes. C'est pour ça que l'on n'envoie pas un homme en prison... mais à l'ombre. C'est plus poétique.»

Fouillant dans la poche de son veston :

«Je viens justement d'écrire un petit poème. Je vous le lis :
Ô solitude
Ô plénitude
Par habitude
Je vais dans l'sud. »

Il laissa un nuage passer et demanda :

«Qu'en pensez-vous ? »

Cafouine fut bien obligée de dire que c'était très joli... pour ne pas risquer, en contournant une loi, qu'il la chrisse en dedans.

« Je vais vous dire, confidentiellement, que j'ai écrit quelques pièces de théâtre, toutes en vers... et contre tous.

— Mais c'est merveilleux, votre Honneur, c'est extraordinaire. Vous avez tous les talents. Je suis convaincue que cela doit être excellent.»

C'est ici, chers lecteurs et chères lectrices, que Cafouine rata une autre occasion dans sa vie : celle de partir. Quand on est gréé d'une nature serviable, avec tous les ennuis que cela apporte immanquablement, il me semble qu'à la longue on devrait savoir, lorsque se présente ce que j'appelle «une autre occasion maudite», sacrer le camp. Hélas ! la nature humaine est ainsi faite que l'expérience nous apprend rarement quelque chose. La mémoire est une faculté qui oublie, c'est bien connu. Les plus belles preuves en sont les expériences malheureuses que l'on ne retient jamais. Sans cesse nous remettons sur le métier les mêmes bêtises. Donc, plutôt que de s'effacer, et n'écoutant que sa nature profonde, Cafouine dit au juge:

«Je connais un homme de théâtre, un homme merveilleux qui pourrait sûrement vous aider. Il se nomme Paul de la Maussadière. Je suis sûre qu'il pourrait faire quelque chose pour vous.»

Le juge, à son tour, sentit tinter une petite cloche dans sa tête. Il aurait dû aussi être sur ses gardes. Mais les illusions sont terribles. Surtout en ce qui concerne le théâtre. Sur trois individus, il y en a deux qui rêvent d'en faire ou d'écrire pour cet «art artistique» vieux de plusieurs millénaires. C'est pourtant le métier le plus cruel, le plus traître qui existe. Vos illusions en prennent un coup et vos ambitions suivent le même chemin. Ce qu'il y a de pire, c'est l'entêtement qui possède les possédés du théâtre. Vous aurez beau leur mettre devant les yeux l'évidence même de leur nullité, ils n'y croiront jamais et refuseront même de considérer la question. De défaite en défaite, ils continueront à s'accrocher et finiront soit alcooliques soit suicidés. Cette passion est terrible. Pire encore que le jeu. Donc son Honneur, devant les avances de l'autre mordue, eut une vision angélique dans laquelle il se vit comblé d'honneurs, de succès et de gloire.

«Où est de la Maussadière... je veux le voir... je veux le rencontrer.

— Je vais vous organiser un rendez-vous.

— Ah oui... le plus vite possible. Je brûle. Mais jamais avant dix-sept heures. Car hélas! je ne suis qu'un pauvre fonctionnaire et je dois expédier à Bordeaux ou ailleurs tous ceux qui se présentent devant moi jusqu'à cette heure. Après, j'ai tout mon temps pour encore me fourvoyer.»

Il faut dire que son Honneur avait quand même, parfois, des moments de lucidité. Quand cela lui arrivait, il vidait un verre de vodka. Le cognac, c'était pour les moments où il nageait complètement dans le brouillard; c'est dire qu'il en buvait beaucoup plus que les quelques rares verres de vodka qu'il se prenait.

Dès le lendemain matin, à la première heure, Cafouine se précipita au Théâtre de la Baboune pour rencontrer le maître. Elle savait, depuis le temps, que le Popol arrivait assez tôt à son bureau, car son épouse était incapable de lui voir la face. Elle lui faisait des scènes terribles. C'étaient les seules scènes qu'il n'arrivait pas à diriger. Surtout depuis qu'il était devenu énorme, avec un ventre d'éléphant, sa femme était devenue deux fois plus enragée. Remarquez qu'il aurait pu, je dirais même qu'il aurait dû, divorcer. Mais les Français adorent se faire engueuler. Ça fait partie de leurs traditions et du caractère national. Ils ont toujours été un peu masochistes. On a simplement à lire leur Histoire, où ils se font continuellement casser la gueule, pour en être convaincu. Donc le Popol étant déjà sur place, Cafouine entra directement dans son bureau, car sa secrétaire arrivait toujours plus tard. Or s'il y a quelque chose qu'il détestait, c'était bien que quelqu'un pénètre dans son bureau sans se faire annoncer. Cafouine savait aussi cela et s'attendait à une colère terrible. C'est d'ailleurs ce qu'elle voulait, car elle savait qu'après une bonne explosion, tout à l'envers, épuisé, il était plus amadouable.

«Merde de bordel de merde... NON... NON ET NON. On n'entre pas ainsi dans mon bureau. Je suis Français, madame, et en France on se fait toujours annoncer. Même quand on couche avec sa femme. Surtout quand on couche avec sa femme... pour permettre à l'autre, l'inévitable, de s'en aller. SORTEZ.

— Maître... maître... j'ai un auteur de théâtre à vous présenter... un second Molière.

— Ma pauvre petite dame, des seconds Molière, il y en a à la tonne.

— Je veux bien... mais celui-là, c'est un vrai.

— Je me souviens de vous et de votre comédien. Ah... c'est du propre... cela a été un succès. Alors pas question... je ne veux rien savoir.

— Je vous préviens, maître, que si vous refusez, vous aurez des ennuis.

— Ah!... pourquoi?

— Je ne vous le dirai pas... vous le découvrirez vous-même.»

S'il y a quelque chose qu'un Français n'aime pas, ce sont bien les ennuis. Déjà de naître en France cela en représente beaucoup... alors, par la suite, ils sont très prudents sur la question.

La rencontre eut lieu un lundi soir, qui est jour de relâche, à dix-neuf heures, lorsque son Honneur eut fini sa journée. C'est-à-dire qu'il finissait à dix-sept heures, mais, en sortant de la cour, il s'enfermait dans son bureau pour prier. Pendant une heure, il passait à travers deux livres de prières et disait plusieurs rosaires. C'est monseigneur Léger qui lui avait refilé la recette.

« Quand on détient du pouvoir, lui avait-il dit, on fait souvent des erreurs. Plutôt beaucoup d'erreurs. Enfin, tous les grands de ce monde se fourrent royalement sur toute la ligne. Ils ne s'en rendent pas toujours compte sur-le-champ, mais à un moment donné c'est inévitable. Comme nous aurons tous des comptes à rendre à la fin des temps, il vaudra mieux se présenter avec un bon bagage d'*Ave* et d'eau bénite que d'arriver les mains vides. Car toutes ces prières sont comptabilisées dans notre dossier personnel au Paradis. Chaque millier de grains de chapelet et chaque tonne de " marmottages " effacent automatiquement une multitude de péchés. »

Comme, en tant qu'exécuteur de la justice, son Honneur avait, chaque jour, une tonne de défaillances en tout genre à son compte, il avait intérêt à en marmotter un coup. C'est ce qu'il faisait entre dix-sept et dix-huit heures. Ensuite, il pouvait sortir de son bureau la conscience en paix. Après avoir bouffé un petit quelque chose sur le pouce, il se présenta, à l'heure dite, au Théâtre de la Baboune. Cafouine l'avait bien averti que le Popol ne tolérait aucun retard. Pour être bien avec lui, il fallait faire dans le « pétant » ou le « sonnant ». Donc, à dix-neuf heures pile, son Honneur passait la porte du théâtre. Le Popol aurait bien voulu le recevoir avec une face de beu plus quelques insultes. Mais, en l'apercevant, il eut le pressentiment que monsieur le juge n'était pas le genre à se faire prendre de haut. Surtout que Cafouine l'avait déjà averti qu'il pourrait avoir des surprises. Donc il le reçut plutôt gentiment. Déposant trois manuscrits sur son bureau, l'autre Popol déclara, sans que le moindre petit doute effleurât son esprit :

« Maître... vous avez là trois chefs-d'œuvre, trois pièces comme il ne s'en est pas écrit depuis mille ans et plus. Je suis Molière, je suis Racine, je suis Shakespeare. »

Popol sentit monter en lui une chaleur dangereuse. Le genre à faire dire même à l'homme le plus doux : « Vous allez pas me faire chier... pour qui vous prenez-vous ? J'en ai vu d'autres... » etc. Mais son regard croisa celui de Cafouine, qui lui fit un petit signe dans lequel il comprit qu'il avait intérêt à faire couler de l'eau froide sur ses émotions. Il déclara donc :

« Je n'en doute pas, mon cher monsieur. D'ailleurs, tout de suite en vous voyant, j'ai compris que je n'avais pas affaire à un homme ordinaire. Je vais lire vos textes avec le plus grand intérêt. Quel est votre nom déjà ? »

Le juge s'était choisi, pour la circonstance, un nom d'auteur du tabarnouche : Charles Philotron. Beaucoup de grands écrivains et même de rois portaient le prénom de Charles. Il est évident que cela faisait sérieux. Quant au Philotron, il lui venait de sa bande dessinée préférée, *Philomène*. Tous les jours, entre deux condamnations, il lisait des *comics*, dont son préféré... *Philomène*. C'est qu'avec son petit air espiègle et ses petits cheveux noirs, elle lui rappelait une petite voisine à qui il avait soulevé la robe quand il avait huit ans. Ce qui lui avait valu une première claque sur la gueule. Par la suite, il en reçut bien d'autres. C'est pourquoi d'ailleurs il avait choisi le droit, avec l'espoir de devenir juge. Ce qui arriva assez rapidement, grâce à son intelligence moyenne. Une fois juge, on est sûr de ne plus jamais recevoir de claque sur la margoulette.

« Monsieur Philotron, lui dit Popol, croyez que je vais porter une attention particulière à vos manuscrits. S'il y en a un qui me convient, je vais me faire un devoir de le produire. »

Il venait de faire sa première gaffe...

« Comment ça... s'il y en a un qui vous convient ? »

Regardant Cafouine, tout de suite de la Maussadière comprit qu'il devait corriger son tir.

« Je veux dire… je suis convaincu qu'ils vont tous me plaire et je vais les monter le plus rapidement possible.

— Je vous remercie, monsieur, et j'attends de vos nouvelles dans quinze jours au plus tard. »

Et son Honneur de se retirer d'un pas « césarien » et avec une allure « napoléonienne ». Ce qui impressionna le Popol et lui fit même un peu peur. Mais, une fois son Honneur parti, il se ressaisit et aboya :

« Quel est cet enfoiré, cette merde papale ?

— Attention, lui dit Cafouine… soyez prudent. »

Dans la nuit qui suivit, le maître se tapa les trois manuscrits. Ou, plutôt, il les feuilleta en s'attardant à certains passages pour, vers les cinq heures du matin, éclater. Tout le Havre des Îles, où il habitait, en trembla. Sa femme fut projetée en bas de son lit et s'agrippa à une commode pour ne pas être emportée par le cyclone.

« JAMAIS… JAMAIS… hurla-t-il, je ne monterai des pièces pareilles. C'est du vide… c'est du néant !… Il peut aller se faire foutre avec son second Molière. Le seul qui aurait pu écrire des pièces dans le genre, c'est Corneille… avant qu'il arrive au monde. »

Il faut ajouter que même si Popol était reconnu pour son intransigeance et son mauvais caractère, il avait raison. Les pièces du juge, c'était vraiment fait pour le Théâtre National avec la Poune en 1935. Je vous donne les titres. Il y avait d'abord *Le Divan-lit* suivi de *Suite tonkinoise* et de *Ça fessait dur*. Vous voyez le genre.

« Il n'y a pas un crétin qui va m'obliger à monter ces horreurs. Je n'ai peur de personne… (mais là-dessus il dut crier un peu plus fort, car il n'en était pas sûr à cent pour cent), je suis un homme libre… JE FAIS CE QUE JE VEUX. »

Il empoigna le téléphone pour se défouler de sa rage sur la pauvre Cafouine. Il était environ cinq heures et demie du matin. Il va de soi qu'elle dormait à poings fermés. Le téléphone la fit sursauter… mais ce n'était rien à côté de ce qui l'attendait.

« Allô, dit-elle innocemment.

— JAMAIS... m'entendez-vous... JAMAIS. Il n'y a personne qui va me dicter ma conduite. Je suis Français... je suis libre... égal à moi-même et fraternel. Et je peux envoyer chier n'importe qui quand ça me plaît. »

Cafouine, bien sûr, avait reconnu l'enragé.

« Écoutez... il ne faut pas tomber en syncope pour ça. Je vais demander à monsieur Philotron qu'il aille vous rencontrer et, comme c'est un homme civilisé, il va sûrement comprendre vos arguments. »

Là-dessus, elle rit un bon coup dans sa barbe (car à cette heure elle n'était pas encore rasée). Le rendez-vous eut lieu le lendemain à dix-neuf heures (toujours) au théâtre même. Mais comme Cafouine avait prévenu le juge, le plus diplomatiquement possible, que l'affaire n'était pas dans le sac, celui-ci jugea bon d'amener avec lui un inspecteur en bâtiment de la ville, qu'il présenta comme son imprésario.

« Écoutez, monsieur Philotron, lui dit de la Maussadière, il est évident que vous avez un grand talent. Je crois que Molière aurait été heureux de vous connaître et peut-être même un peu inquiet pour son avenir. Hélas ! vos pièces, malgré toutes leurs qualités, ne sont pas pour mon théâtre.

— Et pourquoi ?

— Je présente des pièces moins étoffées... plus près du public.

— Comment ça, plus près du public ?

— Enfin... je veux dire... moins loin...

— Moins loin de quoi ?

— Du public.

— Quel public ?

— Voilà la vraie question, monsieur... quel public ? C'est le problème. À Montréal, le public pour le théâtre est très restreint et le plus souvent il reste chez lui. Il faut vraiment des pièces très populaires pour réussir à l'arracher à sa télévision.

— Monsieur, répliqua le juge, le théâtre a une mission, celle d'éduquer. C'est une œuvre d'éducation... d'ouverture d'esprit... de levage de cul tassé dans un gros fauteuil. Mes pièces sont faites exactement pour cela. Quand on les a vues une fois, après on ne se pose plus de questions. Nous savons que nous vivons dans un monde corrompu, sanguinaire et sans espoir. Le seul espoir de s'en sortir, ce sont justement mes pièces. Et vous oseriez assassiner l'espoir!»

À ce moment précis, Popol perdit les pédales. Il se leva, livide, et hurla:

«NON... vous comprenez... NON ET NON. Vos pièces, c'est de la merde... Vous êtes un auteur de fond de cour. Si Molière avait eu votre talent, il aurait été éboueur. Me comprenez-vous?»

Il y eut alors un grand silence. Cafouine, les yeux baissés, l'air impassible, savourait intérieurement une douce vengeance; car il y avait longtemps que le Popol, elle l'avait sur le cœur.

«Bon, dit son Honneur, puisqu'il en est ainsi je vais ouvrir vos lumières. Je suis le juge Paul de la Bisbille, de la Cour supérieure. Monsieur que vous voyez ici est inspecteur en bâtiment pour la Ville de Montréal.»

Se tournant vers celui-ci, il lui dit simplement:

«Inspecteur, procédez.»

L'inspecteur se leva calmement, sortit un galon à mesurer, un tournevis, un marteau et se mit à faire le tour du propriétaire en donnant ici et là un petit coup ou en dévissant une vis. Chaque fois il y avait de gros morceaux qui s'écroulaient... des pans de mur... des bouts du plafond... des projecteurs, et même le plancher tanguait dangereusement.

«Monsieur, lui dit le juge, votre bâtisse est un danger public. Vous présentez, ici, depuis des années, des spectacles mettant en danger la vie des spectateurs. Je vais donc commencer par vous faire arrêter et ensuite vous envoyer à l'ombre pour quelques années afin que vous réfléchissiez sur la responsabilité qu'ont tous les directeurs de théâtre de présenter des pièces dans des lieux qui ne tiennent pas seulement avec des pinces à cheveux.»

Le Popol resta immobile, sidéré, paralysé. Cafouine lui murmura:

«Je vous avais prévenu.»

CHAPITRE XV

Ce que beaucoup de gens ignoraient et ont toujours ignoré, c'est que son Honneur Paul de la Bisbille manquait beaucoup de confiance en lui-même. Un complexe d'infériorité terrible! Plusieurs fois par jour, il allait se regarder dans un miroir pour voir s'il était bien coiffé. La peur d'avoir deux ou trois couettes de travers le faisait terriblement souffrir. D'ailleurs, il gardait toujours un peigne avec lui pour replacer quelques cheveux volages. Et avant de rendre une sentence particulièrement sévère, il se mettait toujours un tube de Brylcream au complet sur le crâne pour être sûr qu'en s'écoutant parler il n'aurait pas des cheveux qui lui dresseraient sur la tête. Sans que cela paraisse trop, c'était un homme profondément malheureux. Il passait parfois, la nuit, de longues heures à marcher de long en large en se demandant: «Qui suis-je?» C'est le problème d'à peu près tous les hommes, mais si la plupart réussissent à se forger une identité quelconque, pour sa part il n'avait jamais pu trouver une réponse. Il réalisait bien qu'il était juge. Si parfois il l'oubliait, il y avait toujours un avocat de la défense pour le lui rappeler en lui balançant quelque craque du maudit qui l'ébranlait et le mettait en joyeux calvaire. Donc, s'il savait qu'il était juge, cela ne le satisfaisait pas, loin de là. C'est pourquoi il caressait le rêve de devenir un grand auteur de théâtre. Cette identité lui aurait plu au plus haut point. Lorsque le Popol lui était entré dedans, cela lui avait carrément déchiré le cœur. Tout son rêve s'écroulait. Pendant les nuits qui suivirent, il marcha de long en large sans arrêt. Mais cela ne troubla pas sa femme outre mesure. Elle avait compris depuis longtemps qu'elle s'était mariée avec un déboîté qui se cherchait. Donc, puis-je me permettre de vous le rappeler, l'autre Popol avait fait là une grave erreur. Dans sa cellule, à Parthenais, il avait fini par s'en rendre compte et se mordait les pouces de n'avoir pas écouté Cafouine. Comme Amadeus, dans le temps, il avait deux voisins de cellule qui, accablés par le destin, passaient leur temps à se venger sur les autres. Inutile de vous dire que le Popol mangeait la claque. Pendant que celui de gauche lui demandait : «Qui c'est que té, toi», celui de droite lui balançait un : «T'es ben laid». Essayez ce régime pendant dix jours et vous m'en donnerez des nouvelles. À un moment donné, il se frappait carrément la tête sur les barreaux. On fut obligé de le transférer à l'infirmerie où on lui passa une camisole de force. Quand le juge fut mis au courant, il se dit : «Je vais lui câlisser sa sentence avant qu'il ne puisse plus jamais la purger.»

C'est un avant-midi, vers les dix heures, que de la Maussadière fut traîné devant son Honneur. C'est que celui-ci aimait bien rendre ses sentences les plus douloureuses dans l'avant-midi parce qu'il se sentait alors plus en forme. Il se gardait les «beaneries» pour l'après-dîner. Donc, tremblant, notre héros s'entendit dire :

«Monsieur, même si votre cas ne vous semble pas si terrible, la justice en juge autrement. Vous ne semblez pas vous rendre compte que vous avez mis la vie de nombreux spectateurs carrément en danger, et cela, pendant des années. Non seulement ils avaient à subir vos pièces complètement débiles (son Honneur se vengeait), mais en plus ils auraient pu recevoir tous les murs et le plafond sur la tête. C'est très grave. J'ai consulté la jurisprudence et il y a là un choix de sentences assez considérable. C'est que vous n'êtes pas le seul inconscient dans le genre. Une multitude de catastrophes gravitent autour du théâtre ou toute autre forme de spectacle.

On ne compte plus le nombre d'arénas qui se sont écroulés sous les vivats de la foule ainsi que tous les chapiteaux bons pour la poubelle qui se sont effoirés lorsque le gros lion bâilla soudainement dans un bruit du tonnerre. Je vous fais grâce de tous les théâtres qui ont pris une débarque sans même que la critique ait à s'en mêler. Donc votre affaire s'annonce très mal. Je pourrais vous coller une petite sentence anodine, indolore. Mais est-ce que cela suffirait à réveiller votre conscience somnolente? Je crains que non. Vous me semblez une mauvaise tête qui s'est manifestée souvent aux dépens des pauvres comédiens et encore plus envers les auteurs. Il vous faut donc une punition exemplaire. Elle le sera, non pas par sa durée mais par sa rigueur. Je vous condamne donc à casser des cailloux pendant six mois jusqu'à ce que vous ayez des ampoules jusque dans le trou du cul. »

Là-dessus, son Honneur frappa un coup de marteau terrible dans lequel Popol vit une massue et une montagne de pierres.

Cette condamnation, dois-je préciser, fut reçue avec un très grand embarras par les autorités. La direction générale pour le « casage » des voleurs (ce qui débordait de beaucoup le simple cadre des prisons) n'était pas du tout préparée à recevoir un casseur de pierres. Depuis cent cinquante ans au moins, on ne casse plus de cailloux dans les lieux de détention. «Les misérables», c'est fini et depuis longtemps. On fut donc obligé de trouver un petit pénitencier tranquille où, dans un coin de la cour, on fit décharger une tonne ou deux de gros blocs de béton que le Popol pourrait réduire en miettes sans être importuné par quelque reporter ou journaliste en mal d'un papier. Ces blocs provenaient d'un des immenses hangars de la Sûreté du Québec qui, pour sa part, les avait trouvés dans le fond du fleuve ou de quelque lac profond. Ils contenaient tous, en principe, un cadavre de joyeux drille de la mafia qui, comme tout le monde le sait, aime bien s'amuser. Mais les policiers n'avaient pas le droit d'y toucher. Non pas qu'il n'y eût pas dans leurs rangs de membres assez costauds pour les fendre en quatre en trois coups de masse. C'est que, plutôt, cela ne faisait pas partie de leur convention, et leur syndicat ne voulait rien savoir.

« Si on commence à casser du béton, disaient leurs représentants, le gouvernement va finir par nous faire travailler et il n'en est pas question. »

Devant cet amoncellement de « cadavres », le Popol commença par se rebiffer.

« Moi, je suis un homme de théâtre et j'ai l'habitude de travailler en collaboration. Je refuse de casser tout seul. Au théâtre, on se les casse en groupe. »

Le directeur de la prison fut donc obligé de se présenter à l'Union des artistes pour savoir s'il n'y avait pas quelques membres qui se cherchaient du travail. « Mais nous en avons beaucoup », lui fut-il répondu, et on lui refila les noms de quelques stagiaires, que faisaient chier les professionnels en espérant les écœurer à jamais du métier. Il y en avait un, en particulier, un nommé De la Fonta, qui se faisait une spécialité d'écœurer tous les réalisateurs et d'être de toutes les auditions. On le recommanda particulièrement. C'est ainsi qu'il se retrouva au pénitencier de La Macaza, dans le bout de Mont-Laurier. Mais ce De la Fonta était un joyeux. Rien ne pouvait l'atteindre et son moral était à toute épreuve. Devant les pires coups de l'adversité, il se mettait à chanter. Tout en italien. « *O sole mio... O sole mia...* O le spaghetti n'est pas cuit... là-haut sur le Vésuve. » (Je traduis pour vous faciliter la chose, chers lecteurs et chères lectrices.)

En peu de temps, il sut créer autour de ce calvaire, de cette punition inhumaine, moyenâgeuse, une ambiance sympathique. Tandis que De la Fonta y allait avec son *O sole mio*, Popol y allait, de son côté, avec quelque petite chanson grivoise : « Elle avait les fesses lisses... la belle Alice, elle avait comme du gazon... un peu plus bas que les nichons... » etc. Enfin, de la cochonnerie bien française.

On avait dû leur nommer un gardien attitré, car les autres refusaient carrément de revenir cent cinquante ans en arrière. Ce fut d'ailleurs un vieux gardien, à sa retraite depuis environ deux ans mais qui s'ennuyait, qui accepta de reprendre du service. C'était aussi un joyeux luron, réputé pour mettre de l'entrain dans une soirée. On se l'arrachait à droite et à gauche, pour mettre du *fun*, particulièrement dans les enterrements. Inutile de vous dire qu'il connaissait aussi quelques joyeux couplets. Alors, pendant que De la Fonta s'égosillait en italien, que Popol faisait dans les fesses, les lits et les partouzes, lui faisait plutôt dans les écuries : « Elle avait le derrière alléchant, la grosse jument, quand l'étalon la voyait passer, il bandait comme dix curés. » Enfin, ce n'était pas très catholique, mais cela donnait du cœur au travail. Jusqu'au jour où l'inspecteur général des pénitenciers entendit ces joyeux refrains lors de la grande inspection. Il en resta tellement sonné qu'il fallut lui montrer quelques chiffres du déficit de l'administration pour qu'il retrouve ses sens. Comme c'était en plus le genre « Chevalier de Colomb », inutile de vous dire que ce qui suivit restera dans les annales. Il fit une colère si terrible que tous les prisonniers rentrèrent précipitamment dans leurs cellules en croyant la fin du monde arrivée. Une autre chose qui restera aussi dans l'histoire des prisons, c'est que le directeur se fit botter le cul. Ce qui est très rare et même interdit. On ne botte pas le cul à un directeur. Quand cela se sait, c'est toute son autorité qui s'effoire. Mais, dans ce cas, c'est aussi sa job qui en prit un coup. D'ailleurs, quelques années plus tard, il se retrouva parmi les prisonniers parce qu'il n'avait pu se trouver un autre emploi et s'était vu obligé de faire un *hold-up* avec de mauvaises relations qu'il s'était faites du temps qu'il était directeur. Enfin, cela est une autre histoire. Donc, le directeur ayant été congédié, on en nomma un autre pas du tout rigolo, qui fit comprendre à nos deux moineaux qu'une sentence, ce n'est pas une partie de plaisir.

La semaine suivante fut peut-être la plus triste de l'histoire de cette prison. Un silence lourd et mortel s'abattit. Avant cette petite parenthèse musicale, les prisonniers avaient toujours subi ce silence sans trop se rendre compte de son côté lugubre. Mais maintenant, ayant connu autre chose, ils purent constater toute la différence. Le climat leur sembla plus lourd que jamais. Ils décidèrent donc de chahuter en réclamant un peu de musique « comme dans le bon vieux temps », même si cet intermède n'avait guère duré plus qu'une quinzaine de jours. Mais les hommes sont comme ça : toutes les périodes agréables remontent « au bon vieux temps », même quand cela est encore récent. Le nouveau directeur, têtu... mais surtout ne voulant pas perdre son poste comme l'autre, refusa toute concession. Le chahut augmenta en proportion. Toute la prison s'égosilla : en français, en anglais, en espagnol... italien... allemand... sauf en ukrainien. Les Ukrainiens ne chantent jamais. Quand ils se regardent le matin, dans un miroir, en faisant leur toilette, cela leur enlève l'envie de chanter pour le restant de la journée. Donc le Centre de La Macaza devint, en cette circonstance, le premier pénitencier chantant du monde. On se serait cru à la Scala de Milan lors d'une répétition générale. Le directeur eut beau leur couper les repas... l'électricité... et le droit de circuler... rien n'y fit. C'est qu'il ignorait que les plus grandes carrières vocales ont commencé le ventre creux, dans une petite chambre sans électricité et sans même une paire de souliers pour aller s'acheter une nouvelle « toune » chez *Archambault*. Sans le savoir, il avait frappé dans le mille. De simples prisonniers, tous les détenus devinrent des candidats pour les concours de chant de Télé-Métropole et, par le fait même, de futures vedettes. Et quand on est mordu une seule fois par le feu sacré, il n'y a plus rien à faire pour fermer la boîte de l'illuminé. En peu de temps, les journaux s'emparèrent du fait divers pour le transformer en un événement de première importance. Le directeur de l'Opéra de Montréal, Focus de la Gargarita (un bon Québécois de Saint-Léonard), décida de s'occuper de la chose personnellement. Il convoqua une conférence de presse et fit une grande déclaration :

« Il n'y a aucune raison, dit-il, pour que l'art vocal n'ait pas sa place dans un centre de détention. La chanson a toujours été un réconfort moral dans les pires épreuves. Et nous, les Italiens, en savons quelque chose. Ainsi, combien de Napolitains, au décès de leur épouse, se mettent à chanter ? Et même en Sicile, après une sévère tuerie, les chefs de la mafia chantent toujours en chœur... *Viva la muerte et la carabina*. Le chant fait partie des plus vieilles traditions de l'histoire des hommes. »

La nouvelle, inutile de vous le dire, souleva un très grand intérêt parmi la population. Chacun y allait de ses commentaires :

« Il n'y a aucune raison pour que les prisonniers ne puissent pas chanter en travaillant ; si on veut que ces hommes se réhabilitent, il faut leur donner le goût de vivre en société ; c'est la principale tâche de la chanson... » etc.

C'est surtout dans les autres pénitenciers que la nouvelle fit le plus d'effet. C'était normal. Dans la semaine qui suivit, tous les détenus du Québec se mirent à chanter. Même les plus durs entonnèrent quelques refrains. La bonne entente s'installa et les autorités, souvent naïves, devant le changement de certains crurent que cette thérapie les avait réhabilités. Ils téléphonèrent même à Focus de la Gargarita pour savoir ce qu'il en pensait. Celui-ci, bien sûr, abondait dans leur sens.

« Bien sûr que la musique adoucit les mœurs. C'est vieux comme le monde. »

Mais ce qu'il ne disait pas, c'est que, dans le milieu du chant classique, circulent de joyeux bandits, une joyeuse mafia. Ne chante pas *Néron ou la joie de vivre* qui veut. Encore moins *La Rose qui tue*. Ce sont des opéras réservés aux plus grands et, pour y avoir droit, il faut attendre qu'ils prennent leur retraite. Ou, alors, verser les pots-de-vin obligatoires, et à la bonne personne. Combien de premiers prix de conservatoire se sont endettés en espérant chanter le *Clair de lune au lac de Côme* pour découvrir après qu'ils avaient versé de l'argent à Arthuro alors que ç'aurait dû être à Roberto. Enfin, il règne dans ce petit monde une guerre intestine qui n'est pas de tout repos. Cela, Focus n'en souffla mot. Les directeurs des centres de détention, convaincus que la musique adoucit vraiment les mœurs, décidèrent de libérer quelques prisonniers, histoire de tenter une expérience. Celle-ci fut concluante. Tous les « libérés » s'engageaient carrément dans le droit chemin. Mais c'était sans compter avec Adolphe Anjou, un mafioso français, pourri jusqu'à la moelle, qui alla voir ses confrères pour leur dire :

« Messieurs, vous avez sûrement constaté que le droit chemin, ce n'est pas du tout payant. Ça ne vaut pas de la marde.

« Là-dessus, je vous confierai que la réhabilitation n'est qu'une comédie. On ne change pas un homme comme on change une femme. Tout est dans le code génétique. Il n'y a rien à faire, nous sommes nés ainsi. Bien sûr que nous avons intérêt à démontrer de la bonne volonté. Comme chaque prisonnier coûte une fortune, il est normal que le gouvernement pousse sur la réhabilitation. Bon... d'accord. Jouons le jeu. Mais une fois que nous sommes libres, rien ne nous empêche de recommencer. Disons que nous pouvons toujours nour réhabiliter à moitié. Mais l'autre peut encore servir. Donc, pour préciser, si la chanson nous a, en partie, remis dans le droit chemin, nous pourrions nous servir de ce qui n'a pas fonctionné pour faire des *hold-up* chantants. Les vocalises, c'est bien connu, peuvent servir partout et à toutes fins. Combien d'empereurs, de dictateurs qui, avant d'embrasser cette carrière, ont suivi des cours de chant. Il n'y a rien comme une phrase bien dite, dans la note, pour soulever les foules et les faire mourir pour une juste cause. César et Napoléon, bien avant d'emmerder le monde entier, chantaient gentiment, à Noël et au jour de l'An, dans les soirées de famille. Je vous suggère donc, messieurs, de profiter de cet art que l'on nous a enseigné, en vue de notre réhabilitation, pour renouveler ce vieux métier qui est le nôtre. Car, quoi que l'on dise, si la prostitution a une longue histoire, le vol en a une encore bien plus importante. Il n'y a aucune raison pour que, dans le but de redorer le blason de nos consœurs, nous gommions les mérites qui nous reviennent. Je suggère donc que nous fassions du *hold-up* chantant.

« Il est grand temps que nous unissions l'art et le crime, lesquels, de toute façon, se ressemblent beaucoup, fraternisent. »

Dans les mois qui suivirent, les banques se virent envahies par des troupes de chanteurs ambulants qui, pendant que quelques-uns sidéraient les clients et le personnel avec des airs aussi faux les uns que les autres, en profitaient pour délester les caisses et le coffre-fort de tout ce qu'il était possible d'empocher. La direction de la réhabilitation sociale fut bien obligée de constater l'échec de cette nouvelle méthode. Et c'est ce pauvre Popol qui mangea la claque.

« Nous, on a fait ça pour vous faire plaisir.

— Mais je n'ai rien demandé.

— Vous allez nous le payer. »

Et notre cher ami de se retrouver au trou.

« MOI, LA CHANSON, JE N'Y CONNAIS RIEN. CE N'EST PAS DE MA FAUTE. MOI, MON MÉTIER, C'EST LE THÉÂTRE. »

Et le directeur de lui dire :

« Le théâtre, c'est la même chose. Un lieu de fourberie, de traîtrise et de crime. »

Dans les semaines qui suivirent, une centaine de comédiens furent arrêtés, et chacun dut avouer, sous la torture, faire partie de l'Union des artistes. Ce qui, pour la police, était déjà un aveu des plus compromettants. Mais si, côté réhabilitation, la faillite était évidente, dans les prisons l'ambiance avait complètement changé, chacun y allant d'un petit air en travaillant. C'est dire que Popol ne resta pas très longtemps au trou. Sa présence était quasi nécessaire. On lui remit donc sa masse et son tas de béton. Mais comme tous les comédiens, le Popol était très susceptible : de se faire punir quand il n'avait rien fait l'avait vexé profondément. Il reprit donc son boulot mais en refusant carrément de chanter. Son compère, par esprit de solidarité, fit de même. Pendant que toute la prison s'égosillait, leur silence creusa un trou. Les prisonniers recommencèrent à chahuter. Le directeur supplia Popol de bien vouloir se joindre à la grande chorale. Mais ce qu'il ne savait pas, c'est qu'un comédien qui « buck » est comme un pendu... ça ne revient jamais. Désespéré, il dut engager deux doublures qui, pendant que Popol suait sur sa masse, s'exerçaient les cordes vocales, dissimulés derrière un bloc de béton. Le Popol avait beau crier : « Ce n'est pas moi... ce n'est pas moi... », cela n'avait aucun effet car le « ce n'est pas moi », dans le milieu criminel, il y a longtemps qu'on le connaît.

CHAPITRE XVI

Maintenant, chers lecteurs et chères lectrices, retournons à Cafouine. Comment réagissait-elle à cet événement? Très mal. Très très mal. Après avoir réussi à surmonter la pendaison d'Amadeus, elle se retrouvait avec de nouveaux remords. Comme elle était plutôt sensible de nature, sa culpabilité décuplait. Là où n'importe quel avocat aurait continué à dormir tranquille, elle faisait des nuits d'insomnie terribles. Elle voyait le pauvre Popol, suant, déprimant, agonisant sur son tas de béton, quand ce n'était pas du tout le cas. Comme tout homme de théâtre, il savait donner l'impression de faire quelque chose alors qu'au fond il ne faisait rien. D'ailleurs, le directeur de la prison, sachant que le béton ne se casse pas comme une vitrine de la rue Sainte-Catherine le lendemain d'une victoire des Canadiens, n'était pas très exigeant. De toute façon, ce n'était pas important. Ce qui comptait, c'était le principe : la sentence. Pour le reste, le Popol pouvait prendre ça tranquillement. Selon un principe syndical bien connu, il ne se forçait pas le cul. Toutes les quinze minutes, il s'arrêtait pour causer avec ses deux compères et le gardien. Comme celui-ci avait fait cinquante ans de «gardiennage» avant de prendre sa retraite, il avait beaucoup de choses à raconter. Il leur avait même relaté quelques évasions célèbres, sans se douter le moindrement que cela pouvait leur donner des idées. Les gardiens, honnêtes et dévoués, croient toujours, bien naïvement, que les prisonniers sont possédés des mêmes sentiments et qu'ils ont bien l'intention de payer leur dette à la société. Ce qui est rarement le cas. Donc Cafouine s'en faisait pour rien, car le Popol avait déjà sa petite idée derrière la tête. Il aurait bien aimé lui écrire : « Ne vous en faites pas, j'arrive. » Mais comme toutes les lettres sont d'abord lues par le service épistolaire de la prison, cela aurait pu (même si les gardiens-lecteurs ne sont pas très éveillés) jeter des soupçons. Pourtant, une missive aurait été bien appréciée, car Cafouine nageait toujours dans les remords sans réussir à s'en sortir. « J'en ai fait pendre deux, se disait-elle, et en voici un autre aux travaux forcés. Je suis la malédiction, le malheur en personne. » Elle décida donc de consulter un psychiatre.

« Ma pauvre dame, il ne faut pas vous en faire avec ça. Si vous saviez ce que nous, les psychiatres, nous avons sur la conscience, vous en seriez étonnée. Des suicides, des divorces, des chicanes de famille, des meurtres, tout ça à cause de simples petits conseils que nous donnons en toute bonne foi. Je vous dirai que dans la vie, quoi que nous fassions, cela se termine toujours mal. Pour vous libérer, je vous recommande le transfert.

— Le transfert ?

— Oui. C'est-à-dire que vous trouvez une personne à qui, tout en causant, vous transférez tous vos problèmes.

— Mais comment ?

— En la culpabilisant à son tour. En cherchant à la détruire, car c'est en détruisant les autres que l'on se construit. »

Cette idée illumina Cafouine. Elle quitta le bureau avec un seul projet en tête : trouver un nono et lui refiler toute la marde du monde.

Elle habitait alors un appartement très modeste de la rue Saint-André. Car depuis la mort d'Amadeus, ses revenus avaient beaucoup baissé. Plus précisément, ils étaient quasi inexistants. Ce n'est pas tous les jours qu'on peut trouver une bonne vache à lait, surtout dans le milieu artistique. La plupart des comédiens crèvent de faim et réussissent souvent à mettre dans la rue un imprésario qui, en toute bonne foi, voulait les aider.

Dans ce petit appartement elle avait, par une grâce du ciel, un voisin qui semblait exactement du genre qu'elle cherchait. Il vivait seul et semblait terriblement heureux. Parfois elle l'entendait chanter ou rire. Ce qui est le comble du bonheur. Mais cela lui tombait horriblement sur les nerfs. Il lui semblait que, dans ce monde de misère, on n'a pas le droit d'être heureux. Donc, un jour qu'il chantonnait sur son balcon, elle alla sur le sien (ce qui était très rare) et lui demanda :

« Il y a longtemps que nous sommes voisins sans nous connaître. Est-ce que vous aimeriez venir prendre un café ? »

Ici je vous dirai confidentiellement que, même s'il semblait heureux, il était terriblement seul et prisonnier de désirs sexuels terribles et jamais assouvis. Il vit dans cette invitation l'occasion rêvée de pouvoir passer sa rage.

« Avec plaisir », répondit-il.

Dans la minute qui suivit, il était chez elle. Cafouine commença par lui demander :

« Que faites-vous dans la vie ?

— Je suis bosseur chez *Bosse et débosse*.

— Bosseur ?

— Oui... c'est moi qui fais les bosses. Je me promène avec un marteau et quand je vois une occasion, c'est-à-dire une auto stationnée dans un coin isolé, je lui câlisse des coups de marteau en laissant la carte de *Bosse et débosse*.

— Mais la personne doit bien se douter de quelque chose ?

— Pas du tout. On lui dit : "En passant, on a vu que votre voiture avait des bosses, alors on a laissé notre carte."

— Mais vous devez avoir terriblement honte ?

— Honte ? Que voulez-vous dire ?

— Vous ne connaissez pas ce que c'est que la honte ?

— Non.

— Mais la honte, c'est la raison de la culpabilité.

— Culpabilité ?

— Les remords.

— Remords?»

Cela est assez étonnant, je dirais même rare, mais il ne connaissait rien de tous ces sentiments. Dans ce temps-là, tout va bien. On peut rire et chanter avec toute l'insouciance requise. Cafouine vit là le plus beau cas rêvé. Un déboîtage en règle, comme en rêvent les plus sadiques.

«Mais, monsieur, dit-elle, vous êtes complètement inconscient.

— Inconscient?

— Vous n'avez jamais entendu parler du péché?

— Le péché?

— Le mal.

— Le mal. Ah... le mal au pied (c'était un humoriste qui s'ignorait).

— Le mal dans le monde: l'injustice, l'exploitation de l'homme par l'homme, la guerre, l'argent et encore... et encore.

— Ah bon, dit-il... je ne savais pas.

— Vous ne saviez pas?

— Non. Moi, chez *Bosse et débosse*, je ne vois pas d'injustice, ni d'exploitation de l'homme par l'homme... rien du tout. On a un bon syndicat, une bonne paye, des vacances, tout va bien.

— Mais, monsieur, il n'y a pas que vous dans le monde. Il y a aussi des milliards de personnes qui souffrent de la misère, de la faim, de l'exploitation et de l'injustice. Que faites-vous pour ces gens?

— Ben... j'aimerais beaucoup les rencontrer. Si je peux les aider, ça va me faire plaisir.»

Ce monsieur, comme on le voit, avait un bon fond. Mais ignorant à peu près tout de la réalité du monde, il ne pouvait pas grand-chose. Il y a comme ça des tas de gens qui planent sur un nuage, ne se préoccupant que de leur sort et de leur bien-être. Ils ne sont pas méchants, loin de là, simplement un peu bouchés. C'est ainsi depuis très longtemps. D'ailleurs, si le Christ est venu dans le monde, c'est justement pour essayer d'en déboucher quelques-uns... mais ça n'a pas tellement fonctionné.

Cafouine, devant une telle ignorance crasse, décida d'agir. Elle alla dans sa bibliothèque chercher un livre qu'elle avait conservé du temps qu'elle s'activait pour la Société des droits de l'homme. Il s'intitulait : *La Situation dans le monde*. Elle le lui prêta en lui disant :

« Lisez ceci et vous saurez tout. »

Ce brave jeune homme s'en alla, un peu honteux, la tête basse. Alors qu'il avait espéré une bonne partie de fesses, il se retrouvait avec tous les problèmes du monde en perspective.

Dans la nuit qui suivit, Cafouine observa, en se réveillant par intervalles, que la lumière de son voisin était resté allumée jusqu'au lever du jour. Le matin, voulant lui dire quelques mots d'encouragement, elle surveilla son départ pour le travail. Rien. Comme s'il était resté couché, peut-être souffrant. Toute la journée, comme elle n'avait rien d'autre à faire, elle continua à observer, par intermittence, son appartement. Mais il ne semblait pas s'y passer grand-chose. Aucun bruit, aucun va-et-vient. Rien. Connaissant ses dons pour déclencher tout ce qu'il peut y avoir de malheurs dans le monde, elle commença à s'inquiéter. Dans la nuit qui suivit, la lumière resta encore allumée jusqu'au petit matin. Puis soudain, vers les six heures, elle fut réveillée par un « NON » retentissant, immense, presque un carillon. Et ce « NON » super-sonore retentit encore deux fois. Comme le reniement de saint Pierre. Des voisins ouvrirent leurs fenêtres, d'autres descendirent dans la rue pour voir si un facteur ne se faisait pas violer. Rien. Saisie par la crainte et des souvenirs brûlants, Cafouine alla frapper à sa porte. Pas de réponse. Descendant l'escalier, elle s'en fut repérer son nom sur une boîte postale. C'est qu'il ne s'était pas présenté. Déchiffrant, de peine et de misère, « Paul Arquebuse », elle remonta et appela, doucement :

« Monsieur Arquebuse... monsieur Arquebuse. »

Toujours aucune réponse. Toute la journée elle surveilla sa fenêtre en espérant apercevoir un signe de vie. Soudain, à dix-sept heures, elle le vit sortir de la maison, un sac à dos sur les épaules et une valise à la main. Il se dirigeait chez elle. Nerveuse, elle attendit et tout à coup, effectivement, la sonnette tinta. Lorsqu'elle ouvrit, il lui tendit son livre en disant:

« Je vous remercie, madame. J'ai compris où est mon devoir.

— Mais où allez-vous?

— Sauver le monde, madame. J'ai lu tout votre livre, j'ai réfléchi et j'en suis venu à la conclusion que je ne peux pas laisser faire ces choses.

— Mais, mon pauvre ami, c'est trop compliqué, immense, vous n'y arriverez jamais.

— Madame, j'ai travaillé des années chez *Bosse et débosse* et je sais ce qu'il faut faire pour redresser ce qui est perdu. »

Cafouine essaya de le raisonner, de le retenir. Rien à faire. Il héla le premier taxi qui passait et disparut. Si elle avait plus que réussi son « transfert », par contre, pour sa paix intérieure, ce ne fut qu'un désastre de plus. Six mois plus tard, elle apprit, par les journaux, qu'il s'était fait tuer en Afrique (encore) en essayant de séparer deux Zoulous qui ne s'aimaient pas la fraise. Conclusion: il n'y a rien comme de rester chez soi pour conserver la vie.

Chapitre XVII

Ce matin-là, après un copieux petit déjeuner auquel il avait droit en tant que forçat, Popol se rendit à son travail d'esclave avec la ferme intention d'écœurer le pénitencier au grand complet pour longtemps. Au fond, son grand espoir était que l'on finisse par le congédier. Pour cela, il n'y a rien comme le chant. Combien de locataires, désirant se faire mettre dehors, se mettent à entonner d'une voix puissante, je dirais même étonnante, des airs d'opéra à couvrir une chorale de cinquante « faussaires » : aussitôt les voisins se plaignent, la police se ramène, le concierge, le propriétaire. Mais, tenace, menaces ou pas, un locataire bien décidé continue jusqu'à ce qu'il se fasse mettre à la porte. Ce qui lui permet de retourner chez sa mère, ou chez une ancienne maîtresse, ou à l'école de réforme ; enfin, de décamper selon ses désirs. Popol avait décidé d'essayer ce manège. Ayant « débucké », il congédia ses deux doublures et décida de chanter lui-même. Il avait réussi à se procurer, par un ami qui recevait régulièrement la visite de sa femme, un petit porte-voix qui avait été dissimulé dans une boîte de chaussures orthopédiques. C'est que l'heureux ayant des problèmes avec ses pieds devait porter des chaussures spécialement adaptées pour lui. Comme il avait été nommé épousseteur officiel de la prison, il marchait beaucoup et devait régulièrement renouveler ses souliers, que sa femme lui apportait dans une boîte. Au début, les gardiens ouvraient le colis pour l'inspecter. Ce qui déplaisait beaucoup au camarade. Il dit donc à son épouse :

« La prochaine fois, apporte-moi donc une de mes anciennes paires. »

Ce qu'elle fit. Les gardiens, en ouvrant le paquet, tombèrent carrément sans connaissance, comme s'ils avaient été gazés. Ils ne recommencèrent jamais plus et laissèrent entrer toutes les boîtes que sa femme lui apportait. C'est ainsi qu'elle avait pu dissimuler un porte-voix, auquel le Popol avait fixé des cordelettes pour pouvoir se l'attacher autour de la tête. Ce qui lui permettait de continuer à travailler tout en chantant. Donc, ce matin-là, il avait bien décidé de tout mettre en œuvre pour se faire congédier. Pendant qu'il s'activait sur son tas de béton, il se mit à chanter : « Toréador... to to toréador... toréador, toréador. » Ne connaissant pas les autres mots, il ne chantait que des « toréador » qu'il adaptait à la mélodie en ajoutant, ici et là, des totos de plus. Tout cela très fort, comme un tonnerre vocal, grâce à son porte-voix. Toute la prison s'arrêta, figée, exactement comme lorsque Ginette Reno lance sa grande finale à la Place des Arts. Les détenus, sans exception, ne savaient trop ce qui leur tombait dessus. Surtout les immigrés. Les Polonais, les Bulgares, les Tatars et les bâtards qui ne comprenaient ni le français, ni l'anglais, ni l'espagnol ni rien du tout. Que leur langue de l'autre bout du monde. Les gardiens ne réussissaient à se faire comprendre qu'avec des signes. Donc, « ouïsant » ce déluge musical, ils crurent que c'était Noël et réclamèrent leurs cadeaux, obligatoires selon la convention de Genève. Les gardiens eurent beau leur montrer le soleil, le beau temps, ils ne voulaient rien savoir. Pour eux, l'Amérique était la terre des miracles, de la Providence, et ils étaient convaincus que par charité chrétienne Dieu fêtait ici son anniversaire par un temps doux et humain contrairement à ce qu'ils connaissaient dans leurs pays respectifs, où ils avaient encore le cul gelé trois jours après la messe de minuit. Donc ils refusaient carrément de changer d'idée. Les autres prisonniers crurent que c'était le Cirque du soleil qui venait d'arriver. Enfin, c'était le bordel, le chaos total. Tout cela pour une petite chanson. Alors imaginez-vous ce que ce sera, à la fin des temps, à l'arrivée des archanges avec leurs trompettes. Le jugement dernier, ne vous faites pas d'illusions, ne sera qu'un bordel de plus. Mais dans ce capharnaüm, si le mot est exact, le directeur ne perdit pas la tête. Pour sa part, Noël se fêtait à Noël, et il le savait en tabarnouche avec ce que cela lui coûtait. Il se dirigea donc vers le fond de la cour et arracha le porte-voix à Popol. Celui-ci lui dit :

« Vous n'avez pas le droit. Selon la convention de Genève plus celle de l'Union des artistes et des braillards de taverne, j'ai le droit de me faire entendre.

— Je me fous de toutes les conventions en commençant par la mienne, qui ne vaut pas de la marde.

— Je vais prévenir les journalistes.

— Vous ne pourrez pas, car j'ai fait couper toutes les lignes téléphoniques pour avoir la paix. Maintenant nous communiquons par sémaphore et par pigeons voyageurs.

— Ah... c'est ça qu'on trouve dans le bouilli !

— Oui. À chaque message marqué « Top Secret », on les bouffe. C'est la loi du silence, comme dans la mafia.

— Vous ne réussirez pas à me faire taire. Je connais mes droits, dit-il en donnant un grand coup de massue sur un bloc de béton, qui se fendit en deux et laissa apparaître un cadavre.

— Droit ou pas droit... » La voix lui manqua net là, et suivit un long silence.

Ce cadavre, parfaitement conservé, était celui de Victorio, le roi des durs, qui avait disparu depuis longtemps, sans que l'on sache exactement comment. Après un temps de « saisisse-ment », Popol retrouva ses esprits et se mit à gueuler... comme tous les metteurs en scène. Car il leur arrive souvent d'être saisis, soit par une comédienne qui soudain lève sa jupe dans l'espoir d'avoir le premier rôle, soit par un comédien qui baisse sa culotte pour la même raison. Donc, se ressaisissant, il gueula :

« Non et non. Je refuse. Je ne suis pas un entrepreneur de pompes funèbres. Je vais me plaindre là où il le faut. »

Le directeur le fit descendre au trou avant qu'il soulève toute la prison. Mais ce cadavre lui posait un drôle de problème. Fallait-il l'enterrer tout de suite? Ou le refiler au ministère de la Justice pour faire enquête? Il décida donc de communiquer par sémaphore avec son ministre, grâce à une petite caméra de télévision. C'était très ingénieux. Mais au même moment, un des détenus réussit à dérober un pigeon voyageur pour envoyer également un message à son chef. Le cadavre ayant été laissé sur place, dans le bloc de béton, durant la nuit un hélicoptère survola la cour de la prison et réussit, grâce à un filet, à le soulever pour ensuite chrisser le camp. Mais au même moment, Popol, qui avait réintégré sa cellule, réussit à forcer la grille et à se glisser dans la cour pour aller récupérer sa masse, avec sa petite idée. Par conséquent, lorsque les bandits laissèrent tomber le filet, il fut aussi pris dans les mailles. Si bien que ces messieurs, rendus à leur repère, avec le cadavre de Victorio trouvèrent Popol à moitié mort. Ils délibérèrent sur son cas : tant qu'à être à moitié mort, aussi bien en finir. Mais Popol leur fit un numéro du tonnerre, où il mit tout le jus qu'il avait dans le corps, pour les convaincre de lui laisser la vie, en offrant de travailler pour eux.

Si le parrain avait accepté, c'est qu'il avait déjà entendu parler du Popol et savait que c'était un artiste. Toutes les crapules adorent les artistes. Ayant la conviction d'œuvrer aussi dans ce domaine, ils les considèrent un peu comme des confrères. D'ailleurs, cet Alonzo avait rêvé, dans sa jeunesse, d'écrire pour le théâtre. (Décidément, personne n'y échappe.) Mais ayant un ami qui travaillait au ministère du Revenu, il réussit à obtenir les rapports d'impôts de quelques grands auteurs. C'est après qu'il renonça à toute ambition artistique pour se lancer dans le *racket*. Remarquez que de prendre le Popol dans sa gang ne lui avait pas souri plus que ça. C'était vraiment parce qu'il voulait lui laisser la vie. Pour ses débuts, car nous devons tous commencer au bas de l'échelle, il lui fit faire le guet lors de quelques expéditions. Tout se passa très bien. Mais voilà! Lors du fameux *hold-up* de la Caisse de retraite d'une gang de retraités qui n'avaient jamais fait rien d'autre que de se poigner le cul, par hasard Cafouine se trouvait là. Or, c'était vraiment un coup du destin car, distraite, elle s'était simplement trompée d'endroit. Apercevant Popol, elle s'écria:

«C'est vous, Popol? Vous n'êtes pas en prison?»

Elle venait de faire une gaffe fatale, car le Parrain se dit:

«Si un employé rapporte ce nom à la police, peut-être, on ne sait jamais, qu'ils vont réussir à remonter jusqu'à nous.»

Alors, froidement, il abattit tous les employés, avec Popol en plus. D'où le nom «Le fameux *hold-up* de la Caisse de retraite». C'est ainsi que finit notre Popol, par la grâce de Cafouine, avant qu'il ait eu le temps d'engueuler qui que ce soit. Le président de l'Union des artistes eut pour lui ce mot merveilleux:

«Il n'est pas mort. Un metteur en scène ne meurt jamais. Il débarrasse.»

Après Amadeus et Coquelin de Coquelune, c'était, pour Cafouine, la troisième victime (plus, indirectement, le coco de l'appartement). Cela en était trop. Qu'a-t-elle fait? Où est-elle allée? Personne ne l'a jamais su. Mais une chose est sûre, c'est qu'on ne l'a plus jamais revue. Morale: il n'y a rien comme de vouloir bien faire pour semer le trouble partout.

Table des matières

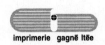

imprimerie gagné ltée

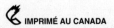

IMPRIMÉ AU CANADA